Para mi nieto Elliot,
quien vino a iluminar mi vida.

Doble Fudge

JUDY BLUME

Título original: *Double Fudge*

© De esta edición:
2004, Santillana USA Publishing Company, Inc.
2105 NW 86th Avenue
Miami, FL 33122, USA
www.santillanausa.com

Ilustraciones de la portada:
© 2003, Peter Reynolds
Reproducidas y adaptadas con autorización del ilustrador

Traducción de Laura Emilia Pacheco Romo
Editores: Guadalupe López, Carlos Franco
Cuidado de la edición: Isabel Mendoza

Alfaguara es un sello editorial del **Grupo Santillana**. Éstas son sus sedes:

Argentina, Bolivia, Chile, Colombia, Costa Rica, Ecuador, El Salvador, España, Estados Unidos, Guatemala, México, Panamá, Paraguay, Perú, Puerto Rico, República Dominicana, Uruguay y Venezuela.

ISBN: 1-59437-814-2

Impreso en Estados Unidos

Agradecimientos

Mi más sincero agradecimiento al doctor Bob Hoage, director de la oficina de relaciones públicas del Zoológico Nacional de Washington, por aquella visita guiada que Elliot y yo nunca olvidaremos. Gracias, también, por haber conducido su auto de manera segura y precavida, ¡muy distinta a como lo hace el primo Howie! Y gracias a Lisa Stevens, curadora asistente de la sección de pandas y primates del Zoológico Nacional, no sólo por presentarnos a Mei Xiang y a Tian Tian, sino por darme la idea del *club de popó de panda.*

La autora y el editor también agradecen el permiso concedido para reproducir los versos de la canción *The Best Things in Life are Free* (traducido en la presente edición en español como "Las mejores cosas de la vida no tienen precio") de Ray Henderson, Lew Brown y B.G. DeSylva" © 1948 (renovado) Chappell & Co., Stephen Ballentine Music y Ray Henderson Music. Todos los derechos reservados. Warner Bros. Publications U.S. Inc., Miami, Florida 33014

Índice

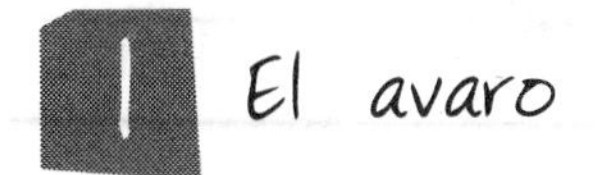

1 El avaro

Cuando mi hermano Fudge tenía cinco años, se obsesionó con el dinero. Pero en serio.

—Oye, Pete —me preguntó una noche mientras terminaba de bañarme—, ¿cuánto costaría comprar Nueva York?

—¿La ciudad o el estado? —reviré como si se tratara de una pregunta seria.

—¿Qué es más grande?

—El estado, pero lo mejor está en la ciudad. Quienes vivan en el campo quizás no estén de acuerdo conmigo, pero yo soy un chico citadino.

—Nosotros vivimos en la ciudad, ¿verdad? —conjeturó Fudge. Estaba sentado en el excusado, con la tapa levantada, pero con la pijama puesta.

—No estás *haciendo* nada, ¿verdad? —le pregunté, mientras me secaba con la toalla.

—¿Qué quieres decir, Pete?

—Me *refiero* a que estás sentado en la taza, pero no te has bajado los pantalones.

Fudge meció los pies, y me dijo entre risitas:

—No te preocupes, Pete. Tootsie es la única en esta casa que todavía se hace en los pantalones.

Tootsie es nuestra hermanita. En febrero va a cumplir dos años. Fudge dejó de reírse, y observó cómo me peinaba el cabello húmedo.

—¿Vas a alguna parte? —preguntó.

—Sí: a la cama —y me puse enseguida los pantaloncillos y una camiseta.

—Entonces, ¿por qué te estás vistiendo?

—No me estoy vistiendo. Desde ahora, voy a dormir con esto, en lugar de la pijama. Por cierto, ¿por qué no te has ido a la cama?

—No podré dormir hasta que me digas, Pete.

—¿Hasta que te diga qué?

—Cuánto costaría comprar la ciudad de Nueva York.

—Pues allá por el siglo XVII, los holandeses pagaron algo así como veinticuatro dólares.

—¿Veinticuatro dólares? —los ojos de Fudge se abrieron asombrados— ¿Nada más?

—Claro, fue una auténtica ganga. Pero no te hagas ilusiones: si la ciudad de Nueva York estuviera hoy a la venta, que no lo está, no costaría eso.

—¿Cómo lo sabes, Pete?

—Simplemente, ¡lo sé!

—Pero, ¿cómo?

—Mira, Fudge... a los doce años se saben muchas cosas, y uno ni siquiera sabe por qué las sabe.

Fudge repitió mis palabras:

—Se saben muchas cosas, y uno ni siquiera sabe por qué las sabe.

Luego, empezó a reírse como loco:

—Es un trabalenguas, Pete.

—No. Es la pura verdad, Fudge.

***

Al día siguiente, Fudge empezó con la misma cantaleta. En el ascensor de nuestro edificio le preguntó a Sheila Tubman:

—¿Cuánto dinero tienes, Sheila?

—No es de buena educación preguntar eso, Fudgie. La gente bien educada no habla de dinero, y mucho menos en estos tiempos —le respondió, pero mirándome a mí, como si la educación de mi hermano fuera mi responsabilidad.

Ojalá este año Sheila no esté en mi clase. *Cada año* deseo lo mismo, y cada año se aparece ahí: como una comezón que no se quita ni rascándose con piedra pómez.

—Yo soy bien educado y, sin embargo, me gusta hablar de dinero —refutó Fudge—. ¿Quieres saber cuánto tengo?

—No —rechazó ella—. Eso es cosa tuya y de nadie más.

De cualquier manera, Fudge se lo dijo. Sabía que lo haría.

—Catorce dólares con setenta y cuatro centavos. Todas las noches *avareo* mi dinero antes de dormir.

—¿*Avareas* tu dinero? —se burló Sheila. Luego, me miró otra vez, meneando incluso la cabeza, como si también fuera mi culpa que Fudge pensara que *avarear* era una palabra correcta.

Henry, el encargado del ascensor, soltó una carcajada:

—¡No hay nada como tener un avaro en la familia!

—No tienes por qué ser avaro, Fudge. Si tanto te gusta contar dinero, puedes trabajar en un banco cuando seas grande.

—Claro —dijo Fudge—, así podré avarear mi dinero todo el santo día.

Sheila lanzó un suspiro.

—Fudge no entiende nada —reprochó, aunque dirigiéndose obviamente a mí.

Le recordé que Fudge tenía apenas cinco años.

—Casi seis —acotó Fudge. Luego, jalándole la manga, la retó—: ¿Sabes cuánto pagaron los hamburgueses por Nueva York?

—¿Los *hamburgueses*? ¿Estás bromeando?

—¿Cuáles *hamburgueses*? ¡Holandeses! —lo corregí.

—El holandés al que te refieres, Fudgie, era Peter Minuit —dijo ella con su típico tono de sabelotodo—. Y le pagó a la tribu wappinger con simples baratijas, no con dinero. Además, los indios no sabían que estaban vendiendo la tierra. Pensaban que la compartirían.

—Compartir es bueno. Pero no el dinero. Nunca voy a compartir ni un solo centavo con nadie. Mi dinero es sólo mío. ¡Lo amo! —exclamó Fudge.

—Decir eso es repugnante. Si sigues pensando así, vas a quedarte solo, sin amigos y ni un perro que te ladre —reprochó ella.

El ascensor llegó a la planta baja.

—Tu hermano no tiene valores, Pete —se despidió

malhumorada Sheila al salir del edificio. Luego, dobló en la esquina y se fue caminando en dirección a la calle Broadway.

—¿Cuánto cuestan los *valores* esos? —me preguntó Fudge.

—No todo puede comprarse en esta vida —respondí cortante.

—Pues todo debería tener un precio —concluyó, y se fue brincando por la calle mientras cantaba:

¡Ay! Dinero, dinero, dinero...
Dinero, dinero, cuánto te quiero.

Supe entonces que teníamos un problema verdaderamente serio en casa.

***

—Es sólo una etapa —respondió mi mamá cuando le dije que Fudge estaba obsesionado con el dinero.

—Tal vez, pero su actitud es vergonzosa. Más vale que hagamos algo antes de que comiencen las clases —le sugerí.

Pero no me hizo caso. No, hasta una noche, durante la cena, cuando mi papá le pidió a Fudge:

—Hijo, ¿me pasas la sal, por favor?

—¿Cuánto me pagas por pasártela? —respondió. El salero estaba justo frente a él.

—¿Que qué? Te estoy pidiendo un favor, no contratándote para que me hagas un trabajo.

—Si me contratas, con gusto te la paso. ¿Te parece bien un dólar?

—¿Te parece bien nada? —lo interrumpí, al tiempo que tomaba el salero para pasárselo a papá.

—¡No es justo, Pete! ¡Me lo pidió a mí, no a ti! —protestó Fudge a gritos.

—Gracias, Peter —dijo mi papá, pero mirando fijamente a mi mamá, ya para entonces tan preocupada como él.

—¿No te lo dije, mamá? —y les dije ahora a ambos—: ¡Tenemos un problema verdaderamente serio en esta casa!

—¿Qué problema? —preguntó Fudge.

—¡Tú!

—¡Bú! —balbuceó Tootsie desde su sillita, lanzando un puñado de arroz sobre la mesa.

***

Al día siguiente, en el desayuno, Fudge preguntó:

—¿Qué diferencia hay entre plata y dinero? —dijo, mientras dibujaba signos de dólar en la caja del cereal con un marcador rojo.

—Plata es otra forma de decirle al dinero —respondió mamá, arrebatándole de paso la caja.

—Ya nadie dice *plata* —añadí—. ¿Dónde has oído que alguien diga *plata*?

—Mi abuelita me leyó un cuento donde un señor decía que tenía *plata* —me explicó—. Al final resultó que eran sólo cinco dólares, y el pobre pensaba que era "mucha plata". Qué chistoso, ¿no?

Apenas lo dijo, se metió un puñado de cereal en la boca, y luego se lo pasó con un trago de leche. Mi hermano se niega rotundamente a mezclar el cereal y la leche en el plato, como lo hace la gente normal.

—Cinco dólares no son gran cosa —concedió mi papá, quien entró de pronto a la cocina con Tootsie en sus brazos—. Recuerdo que una vez ahorré cuatro dólares con noventa y nueve centavos para comprarme un avión a escala. En aquellos tiempos *era* muchísimo dinero.

Papá sentó a Tootsie en su sillita y le sirvió un poco de cereal.

—Alguien ha estado decorando esta caja.

—Sí... el avaro ya aprendió a hacer el signo de dólar —respondí.

No pasó mucho tiempo antes de que empezara efectivamente a hacer su propio dinero.

—Es "plata Fudge" —nos dijo—. Voy a hacer cientos de miles de millones de billetes de plata Fudge.

Y así, con una simple caja de marcadores y un paquete de papel de colores, comenzó a hacerse rico:

—Pronto voy a tener suficientes billetes de plata Fudge para poder comprar el mundo entero.

—Por qué no empiezas con algo más pequeño —le sugerí—. Si compras todo el mundo, después no vas a tener nada qué comprar.

—Buena idea, Pete. Primero voy a comprar una juguetería para mí solito.

—Este niño no tiene valores —les dije a mis papás cuando Fudge se fue a dormir esa noche. A pesar de que me miraron como si estuviera loco, insistí—: no tiene ningún valor. Lo único que le interesa es el dinero.

—No es para tanto —dijo mi papá—. Es normal que los niños quieran tener cosas.

—Yo también las quiero, pero no voy por la vida hablando sólo de dinero —refuté.

—Es sólo una etapa —dijo mi mamá.

A lo lejos, Fudge cantaba:

¡Ay! Dinero, dinero, dinero...
Dinero, dinero, cuánto te quiero.

En cuanto dejó de cantar, empezó a imitarlo el Tío Plumas, su pájaro estornino: *¡Ay! Dinero, dinero, dinero...*

El colmo fue cuando Tortuga, mi perro, alzó la cabeza y comenzó a aullar. El pobre piensa que puede cantar.

Papá le gritó entonces a Fudge:

—Tapa al Tío Plumas y duérmanse de una vez.

—El Tío Plumas también está avareando su dinero. Todavía no piensa dormirse —respondió Fudge.

—¿Cómo fue posible que llegáramos a esto? —se lamentó mi mamá—. Siempre hemos trabajado mucho, gastamos con moderación y nunca hablamos de dinero frente a los niños.

—Quizás ése sea el problema —concluí.

Un par de días antes del regreso a clases, fuimos a Harry's, la zapatería que está por la Broadway. Cuando Fudge tenía tres años, sólo quería tener zapatos como los míos. Ahora tiene sus propios gustos. Pero esta vez no podía decidirse entre los zapatos negros o los blancos con raya azul; tampoco podía elegir entre los de cordones, los de broche de *velcro* o los sencillos; ni entre botines o tenis.

—Lo que voy a hacer es que me voy a llevar dos pares —le dijo a mamá—. Bueno, a lo mejor tres.

Luego, chupó la paleta amarilla que le había pedido obstinadamente al vendedor, incluso antes de que el hombre pudiera tomarle la medida del pie.

—Sólo necesitas unos zapatos y unas botas de invierno —dijo mamá, mientras revisaba su lista de compras—. Pero no nos va a dar tiempo de comprar las botas, a menos que te apures.

Todavía más indeciso, Fudge miró la docena de cajas de zapatos que tenía frente a él. El vendedor portaba en el pecho una plaquita con su nombre, Mitch McCall, y miraba continuamente su reloj, como si se le estuviera haciendo tarde para acudir a una cita importantísima. Sentada en su cochecito, Tootsie daba pataditas al aire o, a lo mejor, quería mostrar sus zapatos nuevos. A punto de desesperarme tanto como Mitch McCall, por fin le dije a Fudge:

—¿Por qué no te llevas unos iguales a los míos?

—No, gracias, Pete. Los tuyos no están a la moda —respondió.

—¿Qué quieres decir? —le reclamé, mirando mis zapatos.

—Eso: que no están a la moda, Pete.

—¿Por qué no?

—Simplemente porque no.

"¿Acaso Fudge tenía razón?", me pregunté. "¿Había escogido mis zapatos demasiado aprisa con tal de terminar? A veces lo hago. No puedo evitarlo. ¿Tan mal estaban mis zapatos? Tan mal como para que se burlaran de mí en la escuela y pudieran decirme: 'Qué zapatos más interesantes, Hatcher. ¿Dónde los compraste...? ¿En el basurero?' ¿Debía probarme otro par? ¡Debía esperar a ver cuáles escogía Fudge, y luego…! Un minuto", me dije a mí mismo. "No puede ser que esté pensando así, como si mi hermanito de cinco años supiera mejor que yo qué está a la moda y qué no. ¿De cuándo acá Fudge es especialista en algo?"

—Decídete —le dijo mamá a Fudge.

—No puedo —respondió. Tenía puesto un modelo en el pie derecho y otro distinto en el izquierdo—. Quiero estos dos.

—Voy a contar hasta veinte… —lo retó mamá.

—No voy a decidir nada.

—¿Quieres que lo haga yo?

—¡No!

—¡Ño! —Tootsie imitó a Fudge, y luego le arrebató su paleta amarilla y la lanzó al aire. Cayó justo en la cabeza de Mitch McCall, y se le quedó prendida en el cabello, como un adorno en un árbol navideño.

—¡Tootsie! ¡Eso está muy mal! —la reprendió mamá, pero ella sólo se rió y aplaudió con sus manitas pegajosas.

Mitch McCall hizo una mueca de fastidio mientras se quitaba la paleta de la cabeza. Se arrancó de paso unos cuantos cabellos y eso pareció molestarlo más, quizás porque, de por sí, ya se estaba quedando calvo.

—Disculpe —le dijo mamá, mientras sacaba de su bolsa una toallita húmeda que enseguida le ofreció al vendedor.

—Tal vez prefiera que la atienda otro vendedor —sugirió Mitch McCall, aunque con los dientes tan apretados, que casi no abrió la boca al decirlo.

—No, gracias. Usted ha sido muy amable —respondió mamá.

—Está bien. Acabemos con esto —dijo Mitch McCall arrodillándose de plano para atender a Fudge—. Decídete, hijo. Tengo otros clientes esperando.

—*No* soy su hijo —repeló Fudge.

—Es sólo una forma amable de hablar —le explicó mamá al oído.

—¿Una qué? —preguntó Fudge gritando.

—Nada. Sólo escoge tus zapatos, Fudge.

Fudge sacó de su bolsillo dos billetes de plata Fudge y se los entregó a Mitch McCall.

—¿Qué es esto? —preguntó extrañado.

—Dinero. Suficiente para comprar los dos pares de zapatos —respondió Fudge.

—No aceptamos dinero de juguete.

—No es dinero de juguete. Es dinero del banco.

—¿Banco? ¿Qué banco? —preguntó Mitch McCall.

—El Banco Farley Drexel Hatcher.

Me sorprendió oír a Fudge pronunciando su nombre completo. Por lo general, se emberrincha cada vez que alguien lo llama Farley Drexel, en vez de Fudge.

—Es un gran banco —continuó Fudge—. Tiene miles de millones de billetes de plata Fudge.

Mitch McCall se volvió hacia mamá:

—La tienda sólo acepta dólares estadounidenses y tarjetas de crédito.

Mamá sacó la cartera de su bolso:

—Aquí está mi tarjeta de crédito —dijo, y se la entregó a Mitch McCall—. Nos llevaremos los zapatos negros de cordones y, cuando no estén tan ocupados, volveremos por las botas de invierno para Fudge.

—Que sea el miércoles —recomendó Mitch McCall, y luego acotó—: es mi día libre.

—Pero, mamá... —empezó a reclamar Fudge.

—Pero nada, Fudge. Ya terminamos de comprar tus zapatos.

—¡No es justo! —gritó Fudge.

—¡No susto! —gritó Tootsie, como si fuera el Tío Plumas, que repite todo lo que dice Fudge.

—¡Vámonos! —ordenó mamá.

—¡No me voy sin mis zapatos! —la desafió Fudge, al tiempo que se cruzaba de brazos y se hundía aún más en la silla.

"¡Oh no!", pensé. Di un paso atrás y salí, lentamente, de la tienda. "Esto se está poniendo color de hormiga". Una vez afuera, hice como que miraba los aparadores. A través del cristal, pude ver cómo mamá intentaba hacer que Fudge se levantara de la silla. Cuando pareció comprender que no lo lograría, intentó arrastrarlo por los pies. Cuando *eso* tampoco funcionó, se dio por vencida: fue a la caja, recogió sus paquetes, y salió de la tienda empujando el cochecito de Tootsie. Mamá pensó que Fudge saldría corriendo detrás de ella. Pero estaba equivocada.

De pronto, Fudge, igual que un tornado que destruye todo a su paso, arrasó con la tienda. Los zapatos de tacones salieron volando del aparador; los de bebé cayeron de los anaqueles; las botas vaqueras retumbaron contra el piso. Mamá comenzó a perseguir a Fudge, mientras Mitch McCall la correteaba a ella. Cuando el anaquel cilíndrico de los calcetines se vino abajo, Tootsie empezó a saltar y a gritar en su cochecito, como si su furibundo hermanito Fudge fuera la estrella del mejor espectáculo que Broadway hubiera presenciado en años.

Rogué que nadie de la escuela estuviera en la zapatería. Ni nadie que pudiera reconocerme o que me hubiera conocido alguna vez. Nadie con quien pudiera toparme un día y que me dijera: "Ah, claro... eres el que tiene un hermano medio raro: el del berrinche espantoso en aquella zapatería de Broadway". Me alejé del aparador y me dirigí calle abajo, fingiendo ser un niño más que recorre esa avenida comercial: un niño de una familia perfectamente normal. Revisé el menú exterior de un restaurante de *sushi* que está a dos puertas de la zapatería; le eché un vistazo a una mesa de libros usados, y hojee unas cuantas revistas en el quiosco de la esquina. Luego, escuché a mi mamá llamándome a lo lejos:

—Peter... ¿podrías venir a ayudarme, por favor?

Mamá cargaba a Tootsie con un brazo y, con el otro, intentaba sostener las compras y empujar al mismo tiempo el cochecito, donde ahora iba Fudge, sin dejar de berrear.

—Ya estás muy grandecito para hacer estos berrinches —lo regañé elevando la voz.

—Si *a ti* tampoco te quisiera mamá, seguro también estarías haciendo un berrinche —me contestó Fudge todavía más fuerte.

—Esto nada tiene que ver con quererte o no —le dijo mamá. Y me pasó a Tootsie para intentar sacar a Fudge del cochecito con ambas manos.

—Claro que sí —terqueó Fudge—: si me quisieras de verdad, ¡me habrías comprado los dos pares!

—No necesitas dos pares de la misma clase de zapatos —le dijo mamá, pero serena, como si hablara con una persona razonable.

—Eran distintos.

—Eran muy parecidos.

—Pero yo los quería —rezongó Fudge.

—Ya lo sé. Pero no puedo comprarte todo lo que quieras.

—¿Por qué no?

—Porque no tenemos dinero suficiente para comprar...

Me di cuenta de que le estaba costando mucho trabajo explicarle eso a Fudge. Mamá reflexionó un instante antes de proseguir:

—...para comprar sólo por comprar. El dinero no se da en macetas.

—Claro que no. Uno debe ir al cajero automático a retirarlo —respondió Fudge.

—Uno no puede ir al cajero automático cada vez que se le antoje —dijo mamá.

—Claro que sí. Sólo metes la tarjeta y sale dinero. No hay pierde.

—Nada de eso, jovencito. Primero, tienes que *depositar* dinero en tu cuenta. Pero para eso, antes debes *trabajar* mucho y, cada semana, tienes que intentar *ahorrar* una parte de tu sueldo. El cajero automático es sólo una forma de disponer de *nuestros* ahorros. El cajero no escupe dinero sólo porque uno lo necesita. No es tan fácil.

—Nada en esta vida lo es, mamá. A veces hay que hacer fila —contestó Fudge.

Mamá suspiró rendida y me preguntó:

—¿Se te ocurre algo, Peter?

—Sólo dile "¡No!". No trates de explicarle todo.

Mamá me miró asombrada:

—No se me había ocurrido. Siempre trato de explicarles todo.

—A lo mejor funcionó conmigo, pero Fudge es otro cuento.

—¡Un cuento! —pidió Tootsie.

—No, por favor, ahora no —suplicó mamá.

Tootsie empezó a llorar:

—Cuento... ¡ya!

***

Justo cuando llegamos a casa, también entraba al edificio Jimmy Fargo, mi mejor amigo. Iba acompañado de su papá, y llevaban muchas cajas vacías.

—Jimmy, ¿ya le diste la buena nueva a Peter? —preguntó el señor Fargo.

—¿Cuál?

—¡Uy! —exclamó el señor Fargo—. Creo que se me escapó el gato de la bolsa.

—¿Tienen un gato? —preguntó Fudge.

—¡Miau! —replicó Tootsie. Es que tiene un libro de animales con las letras del alfabeto y, cada vez que oye el nombre de un animal, hace el sonido que le corresponde.

El señor Fargo cerró los ojos y meneó la cabeza. Cada vez que ve a mi familia, parece no entender nada.

—Tengo zapatos nuevos —presumió Fudge.

—Ya veo —respondió el señor Fargo intentando vérselos por encima de las cajas que cargaba.

—Claro que no puede verlos —reviró Fudge—, porque mis zapatos aún están en la bolsa.

—¿Miau? —insistió Tootsie.

—No estamos hablando de gatos, sino de zapatos —la corrigió Fudge.

—¡Cuác! —replicó ella.

—Zapatos, no patos —se desesperó Fudge.

Tootsie alzó su pie para que le admiraran los que mamá le acababa de comprar.

—¡Qué bonitos! —felicitó el señor Fargo a Tootsie.

—Bueno, tengo que subir a darles de comer a los niños —le dijo mamá al señor Fargo.

—Y yo tengo que subir a llenar estas cajas —dijo él.

—¿Son para un nuevo proyecto? —le preguntó mamá.

—Sí, un proyecto muy novedoso —respondió él.

—Papá, voy a salir un momento a hablar con Peter —le dijo Jimmy a su papá, mientras me tomaba del brazo y me llevaba afuera.

—¿Qué pasa? —pregunté en cuanto estuvimos solos.

—¿A qué te refieres?

—Ya *sabes* a qué me refiero. Todo ese asunto del *gato en la bolsa.*

—Ah, eso —dijo Jimmy.

—Sí, eso —Fuera lo que fuera, me di cuenta de que Jimmy no quería hablar del asunto. Así que cambié de tema:

—¿Estos zapatos te parecen... anticuados?

Jimmy les echó un vistazo:

—Están bien. ¿Por qué?

—Porque... —menee la cabeza y me detuve. No iba a decirle "Porque Fudge dice que no están a la moda"—. Mejor dime cuál es la buena noticia —insistí. Tarde o temprano tendría que decírmela.

—Sabes que mi papá va a montar una exposición muy importante, ¿verdad?

—Sí... —Frank Fargo, su papá, es pintor. Y de la noche a la mañana ha comenzado a vender muchos cuadros.

—Bueno, pues necesita un lugar más grande para pintar —dijo Jimmy.

—¿Y…?

—Pues, nada, que consiguió un estudio en SoHo y...

—Jimmy se detuvo de pronto y bajó la mirada. Paseó un rato sus ojos sobre mis zapatos.

—¿Sabes qué? —prosiguió al fin— A lo mejor sí están un poquito anticuados. ¿Dónde los compraste?

—En Harry's.

—Déjame ver las suelas.

Levanté un pie para que Jimmy pudiera ver por abajo mis zapatos nuevos.

—No están tan mal —concedió—. Pero, de todos modos, ya no los podrías devolver, porque ya los pisaste.

—¿Podríamos volver a lo de la *buena nueva*?

—Ah, sí... la buena nueva —dijo Jimmy, pero sin dejar de mirar mis zapatos *casi* nuevos—. ¿Cuánto te costaron? Necesito comprarme unos antes de que empiecen las clases.

—Te vendo éstos. Te los dejo más baratos.

—Creo que ya no somos de la misma talla. Además, si a ti te parecen anticuados, ¿por qué habría de quererlos yo?

—No están pasados de moda.

—Entonces, ¿por qué me preguntaste si me parecía que lo estaban?

—Ya no quiero hablar de zapatos, ¿está bien, Jimmy?

—Claro. Perfecto. Lo más probable es que nadie se dé cuenta.

—¿Qué quieres decir?

—¡Caíste! —exclamó a carcajadas, mientras me pinchaba el estómago. Detesto que haga eso.

Empecé a caminar de vuelta al edificio:

—Voy a subir a comer.

—Buena idea —dijo Jimmy—. Me muero de hambre. ¿Qué van a comer?

—No sé. Probablemente un sándwich de mantequilla de cacahuate con mermelada. ¿Vas a decirme o no?

—¿Decirte qué?

—¡Lo que no me quieres decir!

—Ah, eso...

Jimmy desvió la mirada al cielo, luego al piso, y otra vez al cielo. Por fin, respiró profundamente y dijo:

—Es mejor que te lo diga de una vez. De todas formas, tarde o temprano te tendrás que enterar. Y lo más probable es que sea temprano, ya que es este mismo sábado.

—¿Qué es este sábado?

—¿Te acuerdas del estudio del que te hablé hace un momento? ¿Donde mi papá va a pintar?

—Sí, ¿y?

—Nos vamos a ir a vivir allá.

—¿Qué quieres decir con que se van a ir a *vivir* allá?

—Eso: que nos vamos a mudar a SoHo este sábado.

—¿Cómo que se van a *mudar,* Jimmy*?*

—Vamos, Peter. Ya sabes lo que significa mudarse.

Comencé a menear la cabeza sin poder evitarlo. No podía ser cierto. Seguro era otra de sus bromas. En cualquier instante me pincharía otra vez las costillas y gritaría "¡Caíste!", y ya no me molestaría.

—Pero voy a seguir yendo a la escuela —prometió—. Así que vamos a vernos todos los días.

—¿De qué hablas? SoHo está como a sesenta o setenta cuadras de aquí.

—Nunca dije que fuera a ir caminando. Voy a tomar el metro.

—¿Vas a tomar el metro todos los días para ir a la escuela? —pregunté azorado— ¿Solo?

—¿Cuál es el problema? Miles de niños de séptimo grado lo hacen todos los días.

Tragué saliva con dificultad: tenía la garganta cerrada. Yo mismo no sabía cuál era el problema, pero me sentía como si, ahora sí, Jimmy me hubiera pinchado las costillas con todas sus fuerzas. Incluso, tenía ganas de devolverle un golpe que, en realidad, yo no había recibido.

—Pero, ¿por qué se le ocurrió a tu papá rentar un sitio tan lejos?

—Porque esa es la zona donde viven los artistas. Sólo ellos pueden conseguir esos estudios. Además, este departamento es demasiado pequeño. Siempre lo ha sido, tú lo sabes.

—No, antes no te parecía pequeño. Incluso, una vez me pediste que me fuera a vivir con ustedes.

—Estábamos más chicos —pretextó Jimmy—. Antes no sabía nada de lo que sé ahora.

—Por ejemplo, que tu papá se está volviendo millonario... —empecé a cuestionarlo.

Jimmy no me dejó continuar:

—Lo que estás diciendo me parece muy ofensivo. Mi papá no es ningún millonario, y tú lo sabes.

—¿Por qué te parece ofensivo tener toneladas de dinero?

—Él no tiene toneladas de dinero y lo más probable es que nunca las tenga.

—¿Por qué actúas como si tener dinero fuera un crimen? —pregunté.

—No sé qué se sienta tener dinero, ¿de acuerdo? Sólo sé que mi papá consiguió un estudio en el centro y nos vamos a mudar allá. Eso no quiere decir que pensemos abandonar la ciudad, como ustedes el año pasado.

—Fue sólo durante un año escolar —justifiqué. Era cierto: el año pasado nos habíamos mudado a Nueva Jersey. A Princeton, para ser exactos, porque mis papás querían conocer la vida de los suburbios. No nos fue mal, pero, al término de ese año escolar, decidimos regresar a Nueva York. Jimmy estaba tan contento que celebramos una semana entera.

—Además —proseguí—, yo no tenía opción.

—¿Y crees que yo sí? —reviró Jimmy—. Pero, viéndolo bien, no me molesta la idea de irme de aquí.

—Pues, que te vaya bien.

—No me refiero a que me sea indiferente dejarte a *ti*, sino a este departamento tamaño hormiga, que ni siquiera tiene muebles. Estoy harto de dormir en un colchón en el piso, a unos cuantos centímetros de la cara de mi papá. Estoy harto de sus eructos de chorizo y cebolla. Necesito mi propio espacio.

Fui yo el que desvió entonces la mirada.

—¿Quieres hacerme sentir mal? —reclamó Jimmy—. Si es así, lo estás logrando.

No dije nada. No podía ni siquiera hablar.

—Mira, Pete... —siguió hablando Jimmy— vendrás a visitarme. Saldremos por ahí. Nada va a cambiar. Incluso, todo será mejor.

***

—¿Qué te pasa? —me preguntó Fudge cuando subí a almorzar.

—¿De qué hablas?

—Parece como si acabaras de perder a tu mejor amigo.

—¿Quién te enseñó a hablar así? ¿La abuela? Abuelita tiene un dicho para cada ocasión.

Fudge asintió:

—Bueno, ¿lo perdiste?

—Perdí, *¿qué*?

—Que si perdiste a tu mejor amigo.

—Acabo de enterarme de que Jimmy se va a mudar a SoHo.

Mamá me sirvió, en efecto, un sándwich de mantequilla de cacahuate con mermelada.

—Frank Fargo ya me lo contó —dijo mi mamá, mientras me abrazaba—. Es un cambio muy bueno para ellos, Peter. Sé que va a ser difícil despedirte de Jimmy, pero...

—¡*No* voy a despedirme de Jimmy! ¿No te lo dijo el señor Fargo? Jimmy va a seguir yendo a la misma escuela, conmigo. Va a tomar todos los días el metro.

—¿SoHo es como Princeton? —interrumpió Fudge.

—No. Princeton está en Nueva Jersey, cabeza de chorlito.

—SoHo está en el centro de la ciudad —le explicó mamá a Fudge—. Ya hemos estado allí.

—So... jo... jo... jo... —jugó Tootsie, como si fuera un Papá Noel en miniatura.

Mamá la miró sorprendida:

—Así es, Tootsie: SoHo.

—¡Odio SoHo! –grité. Corrí a mi cuarto y azoté la puerta. Tootsie se asustó y empezó a llorar con mayor desconsuelo que el que yo sentía.

—¡Bravo, Pete! —me reclamó Fudge—. ¡Todo estaba bien hasta que llegaste!

3 ¿Quién está confuso?

En cuanto Jimmy y su padre se mudaron, Henry (que aparte de operar el ascensor, cuidaba el edificio) empezó a pintar el departamento y a arreglar esa cocina inmunda. Qué suerte para los nuevos inquilinos, porque parecía que Frank Fargo jamás hubiera limpiado el refrigerador. Almacenaba allí cualquier sobra hasta que todo se ponía verde, incluyendo el chorizo y la cebolla, y al abrirlo olía tan mal, que por poco se desmayaba el despistado que metiera ahí su nariz.

Los nuevos vecinos tienen una niña como de la edad de Fudge. Nos conocimos en el vestíbulo del edificio la tarde anterior al retorno a clases.

—Me llamo Melissa Beth Miller y estoy en un grupo confuso —se presentó. Tenía los brazos cubiertos de tatuajes.

—Yo también estoy en un grupo confuso —respondió Fudge.

—No es un grupo *confuso* —lo corrigió mamá—. Es un grupo compuesto.

"¿Qué significa eso?", me pregunté. "¿Y cómo es que no me había enterado de que existía tal cosa?"

—¡Qué alivio escucharla decir eso! —exclamó la mamá de Melissa—. Acabamos de mudarnos a Nueva York y estábamos muy preocupados cuando le asignaron a Melissa ese grupo escolar.

Tootsie se había quedado dormida en su cochecito. No llevaba zapatos y Tortuga comenzó a lamerle los dedos. No sé qué puedan tener los dedos de los pies, pero Tortuga se volvió adicto de la noche a la mañana a todo tipo de dedos. No los puede resistir: dedos de bebé, de viejito, limpios o repugnantemente sucios. En cuanto ve dedos de los pies, Tortuga empieza a olfatearlos, mordisquearlos, lamerlos. Espero que este invierno, cuando nadie lleve sandalias, se olvide para siempre de los dedos.

Tortuga salió disparado en cuanto solté su correa para que fuera a recoger la correspondencia. Cuando alcé la vista, ya estaba al otro lado del vestíbulo, olfateando el dedo gordo de Olivia Osterman. Llevaba zapatos de punta abierta y sólo se asomaba por ahí ese dedo rechoncho. La señora Osterman pasa mucho tiempo en el sillón de cuero que hay a la entrada del edificio. Le gusta ver entrar y salir a la gente. Es la inquilina más antigua del edificio: lleva más de sesenta años viviendo aquí. Está a punto de cumplir noventa años de edad. De joven, fue estrella en Broadway. Mi abuelita la vio actuar. Todavía se viste de manera muy elegante; usa sombreros grandes y joyas resplandecientes. En el edificio todos la conocen y se detienen a platicar con ella. La señora Osterman les regala cajitas de uvas pasas a los niños, como si siempre fuera Halloween. A los perros les da croquetas, así que todos los perros del edificio la adoran.

El único problema que tiene con el mío es que no acaba de entender por qué le puse *Tortuga.* Se lo he explicado un millón de veces: tuve una tortuguita como mascota, pero el gusto nos duró hasta que Fudge cumplió tres años, ¡y se la tragó! Así que cuando me compraron un perro, le puse Tortuga en su honor. A todos, excepto a la señora Osterman, les parece muy clara mi explicación. Ella siempre me dice: "Una tortuga es una tortuga y un perro, un perro. ¿Acaso le pondrías *Mono* a tu gato, o *Canguro* a un mono?" Nunca sé qué contestarle.

Estaba tan ensimismado pensando en la señora Osterman y en Tortuga y su misteriosa adicción a los dedos, que no me fijé que mi mamá intentaba atrapar, allí mismo en el vestíbulo, media docena de manzanas que se le habían caído de la bolsa del mercado. Mi mamá suele decir que soy igualito a mi papá: que soy tan distraído que no me doy cuenta de lo que ocurre frente a mis propias narices.

Para entonces Fudge y Melissa reían, gritaban y se correteaban por todo el vestíbulo.

—Fudge —le dijo mamá—. Ya sabes que no debes correr aquí.

—Melissa, ven acá ahora mismo —ordenó también la señora Miller.

Mamá soltó una carcajada:

—Bienvenida al edificio. Le aseguro que no siempre es así de caótico.

"Sí, cómo no", pensé. "A veces es mucho peor".

Cuando Fudge se acercó y oyó a la señora Miller decirle a mamá que trabajaba en el programa de servicio social del Hospital Roosevelt, la interrogó de inmediato:

—Y, ¿cuánto gana?

—¿Cómo dices? —se sobresaltó ella, como si no diera crédito a sus oídos.

—¡Fudge! Es de pésima educación preguntar eso —lo reprendió mamá. Luego, meneó la cabeza y lo disculpó ante la señora Miller—: Le aseguro que no suele ser tan grosero.

"¡Por favor! ¡Claro que lo es!", pensé.

—No sé por qué a los adultos no les gusta hablar de dinero —se quejó Fudge con Melissa.

—Porque son adultos —dijo ella—. Sólo por eso.

Mi mamá y la señora Miller se rieron a medias, como lo hacen los papás cuando se presienten descubiertos, pero no quieren admitirlo. Luego, ambas intercambiaron sus tarjetas de presentación.

—Yo trabajo con una dentista —se presentó mi mamá.

—¡Excelente! Vamos a necesitar un buen dentista en Nueva York —se alegró la señora Miller, mientras leía en voz el nombre de la dentista con quien trabajaba mamá—: doctora Martha Julie.

—La dentista con dos nombres y sin apellido —canturreó Fudge, saltando alrededor de Melissa—. La que te deja ver videos mientras ella ve tus muelas.

—¿Qué videos? —preguntó Melissa.

—Los que quieras. Pero se enoja si te ríes muy fuerte, así que no lleves nunca uno que sea demasiado chistoso.

—Esos son los mejores —lamentó Melissa.

—Ya sé —asintió Fudge.

—Haremos una cita —prometió la señora Miller.

—Estoy a sus órdenes los martes y los viernes, y los sábados sólo cada quince días —precisó mamá. Enseguida, tomó las bolsas del mercado y se despidió—. Nos vemos pronto.

Comencé a empujar el cochecito de Tootsie mientras mamá intentaba conducir a Fudge al ascensor, pero él se negaba.

—¿Adivina qué? —le gritó Fudge a Melissa—. El mejor amigo de Pete vivía en tu departamento. No tenían camas.

Sin comprender por qué, de pronto sentí la necesidad de defender a Frank Fargo.

—No tenían camas porque su papá creía que era más saludable dormir en el piso —afirmé.

—Yo sí tengo cama —presumió Melissa—. ¿Quieres verla? —invitó a Fudge.

—¿Puedo? —le preguntó a mamá.

—Mejor otro día. Aún nos falta mucho por hacer. Tenemos que preparar todo lo de la escuela.

Melissa nos acompañó al ascensor.

—Nos vemos en el grupo confuso —se despidió de Fudge.

—¡Un grupo confuso para niños confusos! —canturreó Fudge, mientras chocaban sus manos.

***

Durante toda la cena me pregunté si en realidad Fudge asistiría a un grupo para niños confusos. Cuando mamá se disponía a meter a Tootsie a la cama, decidí averiguarlo.

—¿De qué se trata eso de que Fudge va a ir a un grupo confuso?

—Se llama *grupo compuesto* —respondió mamá.

—Mira, mamá... si lo que pasa es que va a cursar de nuevo el kinder, puedes decírmelo. A mí no se me va a salir el gato de la bolsa.

—¡Miau! —jugó Tootsie, mientras mamá le cambiaba el pañal.

—Fudge *no* va a repetir ningún año —aseguró mamá—. Ya sabes que es muy inteligente.

—Pero insiste en que su grupo es para "niños confusos" —dije.

—No sé de dónde sacó esa idea —respondió, y luego me miró fijamente a los ojos—. Peter, no le habrás hecho creer tú semejante cosa...

—Claro que no, mamá.

—Es sólo un programa adelantado. Todos los niños de ese grupo están listos para aprender a leer y escribir, pero aún no tienen la edad mínima para poder ingresar a primer grado. Ya sabes lo inteligente que es Fudge. Es muy maduro para su edad.

Me reí con ganas. Tootsie también se rió, aunque ella no tenía la menor idea de lo que estábamos hablando.

—¡Lo *es*, Peter!

—Claro, mamá. Si tú lo dices.

—Por favor, Peter: está en juego su autoestima. Debe sentirse orgulloso de haber sido admitido en un grupo compuesto.

—En lo que respecta a su autoestima, creo que no tienes nada de qué preocuparte. Fudge cree que la estatua de la Libertad fue levantada en su honor.

—No lo creerá más si le dicen que va a ir a una clase para niños confusos.

—¿Y si se encuentra allí con otra Cara de Rata? —pregunté. Cara de Rata fue su maestra de kinder en Princeton, el año pasado. Cuando ella se rehusó a llamarlo Fudge, la patéo en represalia. En menos de una hora lo cambiaron de salón.

—Ya me reuní con el grupo de maestros y todos parecen muy agradables. Fudge va a estar en la sección de William. Éste es su tercer año con el grupo compuesto. Así que ya tiene suficiente experiencia.

—Nadie tiene suficiente experiencia para controlar a Fudge —respondí.

—Hay que ser positivos. ¿De acuerdo, Peter?

—Sí, mamá. Tengo una actitud positiva —contesté. Estaba positivamente seguro de que sería un desastre, como siempre.

4 Richie Ricón

Debo admitir que había estado preocupado por mi primer día de clases de séptimo grado. No sabía si iban a considerarme un alumno nuevo por haberme ausentado el año pasado, pero, sobre todo, por no haber comenzado con los demás la secundaria. ¿Pero cómo podrían considerarme un alumno nuevo sólo por haber faltado un año? Sería más bien un viejo alumno nuevo, ¿no? Aunque no conozco a todos los de la secundaria, sí conozco a todos los que estuvieron conmigo en quinto. Y mi mejor amigo seguirá estando ahí.

En cambio, Fudge no se veía nada preocupado por el comienzo de clases. Él y Melissa canturrearon y brincaron todo el camino a la escuela. ¡Cómo me hubiera gustado que Jimmy aún viviera en nuestro edificio para habernos ido juntos a la escuela! En su ausencia, me fui con Sheila Tubman. No es que hubiera querido acompañarla, pero no tuve opción: nos topamos en el ascensor, y habría sido muy grosero de mi parte cruzar la calle para evitarla. Qué remedio. En el trayecto, que me pareció más largo que nunca, volví a desear, a su lado, que no estuviéramos en el mismo salón, ni en ninguna de las clases compartidas.

***

La mala noticia es que, en efecto, esta comezón no se quita ni con piedra pómez: Sheila está en el mismo salón que yo. También está en mi clase de Ciencias y en la de Español. Pero estoy tratando de mantener una actitud positiva, como me sugirió mi mamá. La buena noticia es que Jimmy también está en el mismo salón que yo y, mejor aún, quedamos en la misma sección de Humanidades. Hasta tenemos la misma hora de recreo. Y nadie se comportó como si yo fuera el novicio de la escuela. La mayoría de mis compañeros ni siquiera se acordó de que me había ido a vivir a Princeton el año anterior, o no les importó en lo más mínimo.

Jimmy vino a casa después de clases, igual que siempre. Le conté de Melissa y de su mamá, y que Henry había pintado el departamento y arreglado la cocina.

—Tienen un refrigerador nuevo —le dije, en espera de que se riera o hiciera alguna broma sobre los sándwiches de salami y cebolla. Pero no dijo ni pío.

Después, fuimos al parque un rato —a trepar nuestra roca especial—, pero de pronto, así de la nada, Jimmy dijo que tenía que volver a casa. Se me había olvidado que ya no vivía aquí, sino en el centro, y que ahora tenía que viajar solo en el metro. Lo acompañé hasta Central Park Oeste y la Calle 72.

Jimmy y yo nos hicimos mejores amigos desde tercer año. En aquel entonces, él vivía a la vuelta de nuestro edificio. Fue el primer sitio a donde mis papás me dejaron ir solo. Su mamá me caía muy bien. Me dijo que la llamara Anita en vez de "señora Fargo". Teníamos un juego: cada vez que tenía que regresar a mi casa, ella me daba una galleta, "en caso de que me diera hambre en el camino", decía. Era sólo una broma, ya que no tardaba más de dos minutos en llegar a mi edificio. Recuerdo que me enojé muchísimo cuando se fue a Vermont, y dejó solos a Jimmy y Frank Fargo. Pero me puse feliz muy pronto, cuando ellos se mudaron a nuestro edificio. Después volví a enojarme con ella, porque Jimmy también lo estaba.

A Jimmy todavía no le gusta hablar sobre el divorcio de sus padres, ni mucho menos sobre su mamá. Se guarda todo lo que tiene que ver con ella. Va a visitarla en Navidad y todo un mes del verano. Por mi parte, sólo espero no volver a verla porque, si me la topo, le voy a decir clarito todo lo que pienso de ella por lo que le hizo a Jimmy. Y que no venga alguien a decirme que todas las historias tienen dos versiones, como insiste mi mamá, porque he conocido muy de cerca la versión de Jimmmy y sé por lo que ha pasado. No es que quiera que se vaya a vivir con ella a Vermont. Eso sería peor que SoHo: entonces no volvería a verlo ni en la escuela. Ahora comprendo cómo debió haberse sentido el año pasado, cuando me fui a Nueva Jersey.

Al verlo desaparecer al fondo de las escaleras subterráneas de la estación del metro, me pregunto: ¿cuándo me dejarán mis papás tomar el metro yo solo hasta SoHo?

***

Esa noche Fudge no dejó de hablar durante la cena sobre su primer día de clases.

—Hay dos maestros en mi salón: William y Polly. Y un ayudante de biblioteca. Contándolo a él, son tres.

—Necesitas tres maestros, quizá más —bromeé.

—Porque soy muy inteligente, ¿verdad?

—Sí, cómo no... no hay nadie más inteligente que tú.

—¿Cuántos maestros tienes, Pete?

—Uno distinto para cada materia.

—¡Hombre! Tú sí que eres *muy* inteligente.

—Cuando estés en séptimo grado, también vas a tener tantos maestros como Peter —le dijo mi papá.

—El ayudante de biblioteca sólo va dos veces a la semana —explicó Fudge—. Tiene diecisiete años. El próximo año ya va a ir a la universidad. ¿Sabes cómo se llama? Jonathan Faja.

Me reí, y comenté:

—Debes haberte equivocado de nombre, cabeza de chorlito.

—¡Peter! —intervino mamá—. ¿De qué hablamos anoche?

—Uy... no sé.

—Autoestima —respondió—. ¿Lo recuerdas ahora?

—¿Qué tiene que ver eso con…? —me detuve antes de terminar la pregunta. ¿Se refería a que le digo a Fudge *cabeza de chorlito*? Mamá asintió, como si me hubiera leído la mente.

Pero Fudge no se dio ni por enterado. Siguió hablando como si fuera el único en la mesa.

—Jonathan nos dijo que algunas personas piensan que tienen un nombre gracioso, así que le comenté que muchos piensan que el *mío* lo es. Entonces una niña que se llama Rebecca Tallarín dijo que también el suyo suele causar gracia. Pero Pluto Stevenson dijo que el suyo a *todos* les da risa.

—*¿Pluto?* —quise saber si había escuchado bien.

—Sí, Pluto. Pero él no es mi mejor amigo. Mi nuevo mejor amigo es...

—Espera un momento —lo interrumpí—. ¿Es tu primer día de clases y ya tienes un nuevo mejor amigo?

—Sí, Pete. Así es.

***

Debo reconocerle ese mérito a Fudge: siempre se las ingenia para encontrar un amigo. Nunca se preocupa, como yo, de que quizá no le caiga bien a nadie cuando va a un lugar nuevo.

—Adivina cómo se llama mi nuevo mejor amigo —dijo Fudge esa misma noche.

Yo estaba sentado en mi escritorio. Acababa de terminar la tarea de Matemáticas y estaba a punto de empezar la de Español. Tenemos examen de vocabulario el viernes.

—Estoy haciendo la tarea —reclamé—. Se supone que no debes molestarme mientras estudio. Y se supone que debes tocar a la puerta antes de entrar.

Fudge y yo compartimos un mismo cuarto. Un muro divisorio y algunos estantes separan nuestros espacios. Pero cada cual tiene su propia puerta de acceso desde el pasillo.

—Te traje unas galletas de las que come mamá en su dieta —insistió con su tonito de *soy el niño mejor educado del mundo.* Sin decir más, me las puso sobre el escritorio.

A él le encantan esas galletas. A mí no: me atragantan. Es como comer cartón.

—No las quiero. Ya sabes que las detesto. Pero, ¿no se supone que ya deberías estar dormido? —le recordé.

—No me iré hasta que adivines —terqueó, mientras comenzaba a mordisquear *mi* galleta.

—Muy bien... ¿y qué se supone que tengo que adivinar esta vez?

—¡Pon atención, Pete! Debes adivinar el nombre de mi nuevo mejor amigo.

—Si quieres que adivine, tienes que darme una pista —respondí.

—Muy bien... su primer nombre es lo que quiero ser cuando sea grande.

—¿Rey? —dije mecánicamente.

—¡No!

—¿Presidente?

—Ja, ja, Pete. Trata de adivinar en serio.

—Déjame ver... —fingí concentrarme—. ¡Ya sé! ¿Avaro?

—¡No! —Fudge se metió toda la galleta a la boca—. Se llama Rico.

Fudge aguardó mi reacción. Al ver que no decía nada, repitió:

—Se llama Rico. ¿Entiendes, Pete? ¡Eso es lo que quiero ser cuando sea grande!

Como seguí sin decir nada, añadió:

—Le decimos Richie. Y su apellido es todavía mejor. Aquí te va una pista: es pariente de alguien muy famoso. Alguien que conocemos —dijo tragándose la galleta y agitando las manos. Las migajas fueron a dar sobre mi libro de texto de español.

—No conozco a nadie famoso.

—Claro que sí.

—Me doy.

Fudge se acercó y me dijo al oído:

—Es primo de *ya-sabes-quién.*

—Ya te lo dije —le recordé, limpiándome la oreja—. Harry Potter no es real. Es un...

Pero antes de terminar la frase, Fudge escupió tres veces en el dorso de su mano.

—¿Dijiste su nombre en voz alta? Tienes que escupir tres veces o algo malo va a pasar. ¡Apúrate!

Fudge escupió en el dorso de su otra mano. No sé por qué asegura que nadie debe decir el nombre de Harry Potter en voz alta, pero lo cree en serio. Es una superstición que él mismo inventó. Bien sabía yo que él era demasiado pequeño para escuchar ese libro en casete, pero el verano pasado, cuando volvíamos de vacaciones, a mis papás no les importó, y lo pusieron en el coche. La mera verdad, es más fácil escupir que discutir con él. Así que eso hice: tres veces en el dorso de mi mano.

—¡Uf! —suspiró aliviado—. Por poco y no vivimos para contarlo.

—Me da pena decírtelo —le dije al fin—, pero "Potter" es un apellido muy común. Conozco por lo menos a dos niños que tienen ese apellido. No significa nada.

—¡Estás loco de remate, Pete!

El Tío Plumas estaba de acuerdo con él: "Loco, Pete... loco, Pete... loco... loco", gritaba desde el otro lado del cuarto.

—Tapa la jaula del Pájaro Loco, ¿sí? No puedo concentrarme en mi tarea —le ordené.

"Loco... loco... loco", gritaba como eco.

Me puse enseguida mis audífonos y subí el volumen. Me pregunto cómo podía vivir antes sin ellos...

***

Al día siguiente, cuando llegué de la escuela, Richie Potter estaba en la casa. Es dos cabezas más alto que Fudge y es tan delgado que cualquiera podría contarle las costillas, porque se le translucen a través de la camisa. Lleva el pelo corto, y tiene unos ojos grandes que entrecierra todo el tiempo, como si necesitara anteojos. Entonces supe por qué Fudge había pensado que era primo de *ya-sabes-quién*.

De pronto, empezó a toser.

—Es alergia —explicó mientras sacaba de la mochila su inhalador, y lo presionaba luego dos veces contra su boca—. Por aquí hay garrapatas.

—Puede ser —concedió Fudge—. Pete tiene un perro.

—No hay problema con los perros, siempre y cuando no me laman —le explicó—. Me da urticaria.

—¿Y qué hay con los hermanos? ¿Pueden caerte mal? —bromeó Fudge.

—No, a menos que laman a sus perros.

Los dos se rieron a carcajadas.

—¿Tu hermano lame a su perro?

—A lo mejor —respondió Fudge—. Oye, Pete, ¿tú…

—¡No! —lo paré en seco.

Pero ellos seguían muertos de la risa.

—¿Quieres conocer a mi pájaro? —le preguntó Fudge—. Puede hablar.

Richie siguió a Fudge y yo también. Me gusta ver cuando hace la presentación estelar del Tío Plumas.

—Y ahora les presentamos... —siempre comienza con una reverencia— al *único...* al *inimitable...* ¡Tío Plumas!

—Yo tengo un Tío Jocko —dijo Richie.

—¿También es un pájaro? —preguntó Fudge.

—No, es el hermano de mi mamá —respondió Richie.

—Mi Tío Plumas no es pariente ni de mi mamá ni de mi papá —aclaró Fudge—. Sólo es pariente mío.

—¿Y qué es lo que sabe decir? —quiso saber Richie.

—Lo que tú digas.

Richie se quedó pensando. Luego dijo:

—Zupidyzop.

El Tío Plumas se quedó inmóvil, con la cabeza inclinada hacia un lado.

—Dile otra cosa —le sugirió Fudge —. Le gustan las palabras de verdad. Sobre todo las *palabrotas.*

Así que Richie dijo todas las palabrotas que se sabía, pero el Tío Plumas siguió mudo.

—Ahora tú —se rindió al fin.

—¿Qué hay? —Fudge le preguntó al Tío.

Aunque por lo general responde "queai... queai... queai...", esta vez el Tío Plumas no dijo ni pío.

—¿Qué te pasa? —le pregunté al Tío Plumas—. ¿Te comieron la lengua los ratones?

Jamás diría algo así frente a Tootsie, pues se pondría a hacer como ratón todo el día, pero en ese momento estaba tomando su siesta de mediodía.

—¡Déjalo en paz, Pete!

—No lo estoy molestando. Sólo estoy tratando de hacerlo hablar.

—No está de humor —diagnosticó Fudge—. Anda Richie, vamos a comer algo a la cocina.

Los seguí hasta allá. Mamá aún traía puesto su uniforme blanco.

—¿Es doctora? —le preguntó Richie al conocerla.

—No —le respondió—, trabajo con una dentista.

—Uno de mis abuelos es un neurocirujano muy famoso —presumió Richie—. Arregla cerebros.

—Nosotros conocíamos a una niña que se cayó de la bicicleta y se le escurrió el cerebro por los oídos —mintió Fudge.

—Mi abuelo se lo habría vuelto a acomodar —dijo Richie.

—Lástima que no conocía a tu abuelo, a pesar de que dices que es tan famoso —lamentó Fudge.

—¿De qué hablan? —le pregunté a mamá.

Ella alzó los hombros y puso los ojos en blanco, como si también se lo preguntara. Los interrumpió al fin:

—¿Les gustaría comer algo, niños?

—Sí, por favor —respondió Richie—: brócoli.

—Brócoli —repitió mamá.

—Sí, por favor —dijo Richie—. Me gustan los flósculos cocidos ligeramente al vapor, para que conserven su textura.

Mamá parecía muy sorprendida.

—Creo que no tenemos brócoli, pero creo que hay algunas zanahorias.

—Está bien —Richie aceptó el menú—, pero con *humus* o *tahini*, por favor.

Ahora mamá sí que estaba sorprendida.

—No tenemos ni *humus* ni *tahini*. Pero tenemos mantequilla de cacahuate, que sabe muy parecido al *tahini*.

—¿Es que no tienen cocinero? —preguntó Richie.

—No, me temo que no —respondió mamá.

—Lo siento —se disculpó Richie—. No sabía que eran pobres.

—Claro que no somos pobres —reviró mamá, mientras le servía un tazón de zanahorias con un poco de mantequilla de maní como aderezo—. Es sólo que no tenemos cocinero.

Fudge observó cómo Richie tomaba una zanahoria y la sumergía en la mantequilla de cacahuate.

—¿Me das un plátano con mantequilla de cacahuate, mamá? —pidió.

—Ya sabes dónde está todo —respondió, mientras les servía un vaso de leche a cada uno—. Tú mismo puedes tomar lo que quieras.

—Es difícil comer zanahorias con los dientes flojos —dijo Richie, mientras mecía uno de sus dientes superiores—. Pronto voy a verme como tú.

—¿Qué quieres decir? —preguntó Fudge.

Richie señaló su boca:

—Chimuelo.

Supe entonces que los compañeros de Fudge tenían casi la misma edad. Todos estaban mudando de dientes al mismo tiempo.

—¿Sabes cuánto me trajo el Ratón Pérez cuando perdí mi primer diente? —preguntó Richie.

—¿Cuánto?

—Veinte dólares. Y eso fue lo que me trajo nada más el Ratón Pérez Pérez. Mi abuelita me dio otros veinte y mis tíos gemelos veinte también, pero cada uno.

"¡Ochenta dólares por un diente!", calculé veloz.

—¿Cuánto me dieron a mí, mamá? —quiso saber Fudge.

—Pues, mmm... —empezó a decir—. Lo que pasa es que no perdiste tus dientes como el resto de los niños.

—¿Cómo los perdió Fudge? —preguntó Richie.

—Tratando de volar desde lo alto de los juegos mecánicos —recordó mamá.

—¿Tratando de volar? —preguntó Richie.

—Sí, apenas tenía tres años.

—¿Y qué pasó?

—¿Qué crees que pasó? —me apresuré a responder—. Aterrizó de frente y se rompió los dos dientes delanteros.

—Pero no los perdí —explicó Fudge—: me los tragué.

—Al menos *creemos* que eso fue lo que pasó. No estamos completamente seguros —dijo mamá.

—¿Así que no te trajo nada el Ratón Pérez? —preguntó incrédulo Richie.

—Mamá —empezó a decir Fudge—, ¿por qué a mí no me visitó el Ratón Pérez?

Mamá se apresuró a responder:

—Es que eras tan pequeñito cuando perdiste tus dientes, que el Ratón Pérez te puso el dinero en el banco.

Le lancé una mirada a mamá. Ella me la devolvió.

—¿Eso significa que tengo dinero en el banco? —preguntó Fudge.

—Claro que sí.

—¿Cuánto?

—Hablaremos de eso después —dijo mamá.

—A mi mamá no le gusta hablar de dinero —le informó a Richie.

—A la mía es lo que más le gusta —dijo Richie mostrando un bigote de leche—. Es diseñadora. Puedes comprar ropa con su nombre en la etiqueta. Es muy famosa. También mi papá. Él construye edificios de oficinas. Y mi abuelita está ahogada en dinero.

—¿Quieres decir que se asfixia de la emoción al avarear su dinero? —preguntó Fudge.

—No sé —dijo Richie confundido—. A lo mejor.

—Debería llevar su dinero al banco para que ya no se ahogue —recomendó Fudge.

—Buena idea.

Richie mordió una zanahoria con las muelas.

—Yo siempre tengo buenas ideas —presumió Fudge.

—Lo sé —admitió Richie—. Es por eso que me junto contigo.

***

Al día siguiente, Richie Ricón estaba de vuelta.

—¿Dónde está el cuarto de los juguetes? —preguntó.

—¿Cuál? —respondió Fudge.

—Ya sabes —dijo Richie—. El cuarto donde guardas todos tus juguetes.

—Guardo mis juguetes en *mi cuarto.*

—¿Nada más? ¿No me digas que estos son todos los juguetes que tienes?

—Tiene más juguetes de los que necesita —dijo mamá, mientras despertaba a Tootsie de su siesta.

Richie meneó la cabeza:

—Yo puedo tener cualquier juguete que quiera, cuando quiera.

—¿Hasta el Lego Panorama? —preguntó Fudge.

Richie se encogió de hombros:

—El que sea.

—¿Oíste eso? —dijo Fudge—. Puede tener el juguete que quiera, cuando quiera.

—Sí —dijo mamá, respirando hondo—. Por supuesto que lo oí.

—Pero no soy un niño consentido —aclaró Richie—. Hay mucha diferencia entre poder tener todo lo que uno quiere y ser consentido.

—¿La hay, mamá? —preguntó Fudge.

—Supongo que sí —respondió ella.

—Tenemos una casa en la playa —anunció Richie—. ¿Y ustedes?

—No, nosotros no —admitió mamá.

—Nuestra casa está junto al mar, pero anclamos en la bahía. Tengo dos medios hermanos que también son ricos y famosos. Es probable que hayan oído hablar de ellos: Jeffrey y Colin Potter. Hacen películas.

—Pete —dijo Fudge—. Si te corto en dos, ¡tendría un medio hermano! Y Tootsie podría quedarse con la otra mitad.

—Eso no es lo que significa ser medio hermano, —le dije.

—Jeffrey y Colin son hijos del primer matrimonio de mi papá —Richie le explicó—. Después de divorciarse, mi papá se casó con mi mamá y me tuvieron a mí. Ella es veinte años más joven que mi papá. Dice que soy muy inteligente. Y muy guapo también. ¿Cree que soy guapo, señora?

Este niño estaba desatado. No había manera de pararlo.

—Pues, sí —respondió mamá—. Tú y Fudge son muy guapos.

—¿Cuál de los dos es más guapo? —preguntó Richie.

—No me gustaría tener que elegir —dijo mamá.

—¿Qué diablos es esto? ¿Un concurso de belleza? —pregunté.

Eso hizo que se rieran tanto que Richie tuvo que sacar su inhalador y aspirarlo un par de veces.

***

Esa noche, durante la cena, mamá le dijo a papá:

—Fudge tiene un nuevo amigo, muy interesante.

—Es mejor tener amigos interesantes que aburridos —respondió papá.

Para cenar había pasta primavera. Es decir, espagueti con un montón de verduras encima. Le pregunté a mamá si podía servirme la pasta sólo con salsa de tomate, y ella respondió:

—Es importante comer verduras.

—A Richie Potter le gusta mucho el brócoli —recordó Fudge.

—Ya lo sabemos —dije.

—El brócoli hace que su pipí huela raro.

—¡Fudge! —lo reprendió mamá—. Durante la cena no hablamos de lo que hacemos en el baño.

—¿Por qué no? —preguntó Fudge.

—De todos modos, son los espárragos y no el brócoli los que hacen que la orina huela raro —le expliqué.

—Peter... —me advirtió papá.

—También el brócoli —aseguró Fudge—. Lo sé porque Richie me dejó oler cuando hizo pipí.

—Ya *basta* niños —dijo papá, y Tootsie empezó a imitarlo:

—*Tá... tá... tá...*

—El amigo de Fudge presume de todo —dije.

—Presume hasta de su popó —admitió Fudge.

—No me sorprendería —dije.

—Pero, Pete... si vieras lo que hizo el otro día, entenderías por qué presume también de eso: era una cosa así de larga —nos mostró con sus manos exactamente qué tan larga era.

—¡Se acabó! —gritó mamá—. No quiero oír una majadería más en esta mesa.

5 ¡Adiós, Zapata!

Jimmy me invitó a conocer su nueva casa. Convencí a mi papá para que me llevara el sábado por la tarde. Lo malo fue que tuvimos que llevar a Fudge y a Tootsie porque a mi mamá le había tocado trabajar ese fin de semana. Ella dice que su nuevo trabajo con la doctora Julie es el mejor que ha tenido.

En cuanto cruzamos los torniquetes de la estación del metro, llegó un tren. Tuvimos suerte y pudimos sentarnos todos juntos. A veces los vagones van repletos y uno debe viajar de pie, apachurrado entre montones de desconocidos,"como sardinas en lata", dice mi abuelita. En lo personal, detesto la idea de que me comparen con una sardina. El olor me recuerda la comida para gato, pero mi abuelita dice que las sardinas son buenas para los huesos. A la mejor, la comida para gato también lo es.

No fue sino hasta que nos bajamos en la estación de la Calle Spring que me di cuenta de que Fudge sólo llevaba puesto un zapato. En el otro pie sólo llevaba su calcetín de abeja, color amarillo con rayas negras.

—¿Y tu zapato? —le pregunté.

—¿Qué zapato?

—El que *no* está en tu pie.

—Ah, sí, ese zapato.

Papá le dijo:

—Ponte el otro zapato, Fudge.

—No puedo.

—¿Por qué no? —le preguntó.

—Me lo quité para rascarme el pie, pero ya se fue.

—¿Ya se fue? —preguntó incrédulo papá.

—Sí —respondió Fudge.

—¿Adónde? Era uno de tus zapatos nuevos —le recordó papá.

—*Ya lo sé* —respondió Fudge.

—Y lo acabas de perder.

—No lo *perdí*. Ya te dije que se fue. En el metro.

—¿En el metro? —gritó papá.

—Sí.

Debí haber convencido a papá para que me dejara ir solo en metro a ver a Jimmy. Con mi hermano no es posible ningún paseo sencillo. Ni siquiera un minuto. Tiene esa extraña facultad de transformar cualquier cosa, por insignificante que sea, en un espectáculo gigantesco.

Papá vio a una mujer policía. Le hizo una señal y, al tenerla cerca, le dijo:

—Disculpe, oficial...

—¿Puedo ayudarlo? —preguntó ella.

—Sí —respondió papá—. Me gustaría reportar un zapato extraviado.

Desde luego, se mostró sorprendida:

—¿Un zapato extraviado?

—Así es —le dijo papá—. Fudge... enséñale a la oficial tu zapato.

—¿Cómo se lo voy a enseñar si no lo tengo? —dijo Fudge.

—Enséñale el que *no se fue.*

Definitivamente papá estaba perdiendo la paciencia. Lo conozco.

—Ah... claro, *este* zapato —dijo Fudge alzando el pie.

La policía sacó una libretita y anotó toda la información.

—Negro con borde plateado... tamaño infantil. Perdido en el tren *A*, el sábado 14 de septiembre.

La oficial miró a papá y le dijo:

—¿A qué hora piensa que se perdió?

—Entre las dos y las dos treinta —respondió—. En algún sitio entre esta estación y la Calle 72.

Cuando la oficial terminó de anotar los datos, cerró su libreta y la metió en su bolsillo:

—Haremos todo lo posible por encontrarlo, pero no podría garantizarle nada.

—Tengo que recuperarlo —dijo Fudge—. Lo necesito para ir a la escuela.

La policía se encogió de hombros.

—Le dije a mi mamá que necesitaba dos pares, pero no me hizo caso.

—No la culpo —dijo la policía—. Sobretodo, por lo caro que están los zapatos hoy en día.

—Ése no es ningún problema —dijo Fudge, al tiempo que sacaba de su bolsillo un fajo de billetes de plata Fudge. Luego, empezó a agitarlo.

—Guárdalo para una emergencia —le recomendó la policía.

—Esta *es* una emergencia —replicó Fudge.

—¿Quieres un consejo? La próxima vez, mantén tus pies dentro de tus zapatos.

—¿Aunque me dé comezón?

—Aunque te mueras de ganas por rascarte —dijo ella—. De lo contrario, vas a despedirte de más de uno de tus zapatos.

—¡Adiós, Zapata! —cantó Tootsie, lanzando besitos.

La mujer policía reaccionó pasmada.

—¿Cómo sabe que me apellido Zapata? —preguntó.

—¿Usted se apellida Zapata?

—Sí, me llamo Susana Zapata.

Por fin, ¡al fin!, llegamos a casa de Jimmy. En SoHo las calles son angostas y empedradas. Es una parte muy antigua de la ciudad. Antes, estos edificios eran fábricas pero ya casi todos se han convertido en tiendas o galerías de arte en las plantas bajas, mientras que los pisos de arriba son ahora estudios. Papá dijo que volvería por mí en una hora y media. Por supuesto, le dije que se tomara su tiempo.

El estudio de los Fargo era un espacio abierto, enorme, con un viejo piso de duela y techo de lámina.

—No está mal, ¿verdad? —me lo mostró Jimmy— ¿Sabes cuántas ventanas tiene? Dieciséis. ¿Quieres contarlas?

—Te creo —le dije. Eran ventanas gigantescas que iban desde el suelo hasta el techo.

—¿Sabes cuánto tiene de alto? —siguió él. No esperó a que adivinara—. Cuatro metros. ¿Quieres medirlos?

—Te creo. Ya vi que es bien alto —miré a mi alrededor—. Aquí podrías instalar un boliche.

—Sí, o una cancha de básquetbol —respondió.

—Podríamos patinar.

—O inundarlo, congelarlo y jugar hockey sobre hielo —dijo Jimmy.

—¿Hockey sobre hielo?

—¡Caíste! —dijo y, riendo, me pinchó las costillas.

—Odio que hagas eso —le recordé.

—Lo sé, por eso lo hago adrede. Anda, déjame enseñarte todo el estudio.

No había mucho qué ver. Los lienzos de Frank Fargo estaban apilados contra una pared. Había dos mesas de trabajo salpicadas de pintura. Las brochas estaban en latas viejas de café. Olía bien, como el salón de arte que hay en la escuela. No había muebles, pero no me extrañó porque su otro departamento también había estado vacío. La cocina estaba al otro extremo. No había ahí ningún tipo de puerta, excepto la del baño.

—Y más o menos por aquí —dijo Jimmy mientras se paraba sobre una X dibujada con tiza en el piso—, vamos a construir dos cuartos: uno para mí, otro para mi papá y también para...

Jimmy se detuvo un minuto y miró por la ventana. Luego bajó la mirada.

—Ah, sí... y vamos a añadir otro baño, para no tener que compartirlo.

A mí me encantaría tener un baño para mí solo, en vez de tener que compartirlo con Fudge y Tootsie. Al menos Fudge ya sabe ir al baño, aunque la mitad de las veces olvida jalarle a la cadena, pero es mejor que la bacinilla de Tootsie. Aunque ahora sólo la usa como sillita, algún día tendrá que hacer otra cosa y entonces...

—Y me van a comprar una litera —dijo Jimmy—, así que podrás quedarte a dormir. A lo mejor hasta compramos un perro.

—¿Un perro?

Estaba sorprendido. Al señor Fargo nunca le había gustado Tortuga, ni tampoco mi perro gustaba de él.

—¿Qué clase de perro tienes pensado?

—Creo que un Yorkie.

—¿Un Yorkie? Son muy pequeños, ¿no?

—Ya sé.

Me fue muy difícil imaginar a Jimmy y a su padre paseando con un Yorkie por SoHo. Más bien, me fue imposible.

—Qué te parece si jugamos un partido de hockey de calcetín —sugirió de pronto Jimmy.

El hockey de calcetín lo inventamos los dos.

—Claro —respondí, quitándome los zapatos.

Jimmy tomó una escoba, me pasó otra, y luego echó sobre el piso una caja de gelatina a modo de disco. Así de fácil comenzó el juego. Nunca habíamos jugado en una cancha tan amplia. Podíamos correr y deslizarnos de un extremo a otro del estudio sin preocuparnos más que de jugar. No sólo porque allí no había nada que tirar (lámparas o muebles, por ejemplo), sino porque el lugar era de verdad enorme.

Estábamos en pleno juego, concentrados sólo en anotar, cuando escuchamos que alguien tocaba la puerta.

—¡No puede ser! —lamentó Jimmy.

Se enjugó el sudor con el borde de la camiseta, mientras se dirigía a la puerta.

—¿Quién es? —preguntó antes de abrir la puerta.

—Goren, su vecino del piso de abajo —el hombre hablaba lentamente, con un acento cuya procedencia no pude identificar.

—No abras —murmuré.

—Pero Goren *es* nuestro vecino —dijo Jimmy—. Me lo presentaron esta mañana.

Negué con la cabeza:

—No abras, por favor —insistí.

—Mi papá no tarda en volver —dijo Jimmy de cara a la puerta.

La verdad es que no tenía le menor idea de la hora en que regresaría Frank Fargo.

—¿Qué pasa? —preguntó Goren al otro lado de la puerta—. Están haciendo mucho ruido: pareciera que el techo se va a venir abajo. ¡No puedo concentrarme!

—Ah... perdón —se disculpó Jimmy—. Sólo estábamos aquí...

—Moviendo algunas cosas —añadí.

—Conque es eso... —dijo Goren—. Por un momento me imaginé que estarían jugando un partido de hockey de calcetín.

Jimmy y yo nos miramos asombrados. ¿Cómo pudo adivinarlo si nosotros habíamos inventado ese juego?

—Trataremos de ser más cuidadosos con nuestros... este... con nuestras cajas de cartón —prometió Jimmy.

—Está bien —dijo Goren—. Intentaré concentrarme otra vez para poder trabajar.

Cuando Goren se fue, Jimmy suspiró aliviado, y guardamos las escobas sin remedio.

***

Cuando regresamos de SoHo, mamá ya estaba en casa.

—¿Cómo les fue? —nos preguntó.

—Muy bien —respondió papá—. Nos divertimos mucho, ¿verdad muchachos?

—Yo me la pasé súper en casa de Jimmy —dije.

—Y yo me divertí mucho en el metro —dijo Fudge—. Tootsie también.

—Parece que la respuesta es unánime, porque a mí también me fue bien en el trabajo —dijo ella.

—Sí, ¡unánime! —cantó Fudge.

En ese momento mi mamá miró hacia abajo y se percató de que Fudge tenía un zapato en un pie y, en el otro, un mocasín con flecos.

—¿De dónde sacaste ese mocasín?

—De la tienda —respondió Fudge—. El vendedor lo sacó para mí del aparador. Fue una ganga. ¿Verdad, papá?

Papá asintió.

—Pero, ¿dónde está tu otro zapato, Fudge?

Fudge no respondió.

Papá abrazó a mamá y le dijo:

—Es una larga historia, mi amor.

—¡Muuy larga! —agregó Fudge sonriendo.

***

Al día siguiente, cuando la policía aún no había logrado encontrar el zapato de Fudge, mamá volvió a la zapatería, pero esta vez sin Fudge. Compró otro par de zapatos, exactamente igual al anterior. Así que, en caso de que a Fudge le llegara a crecer otro pie, ya tiene su tercer zapato. Es en serio: ¡con mi hermano nunca se sabe!

6 Don Dinero

En vez de leer cuentos a la hora de dormir, como lo hacía antes, ahora Fudge hojea catálogos comerciales. Está escogiendo regalos para Navidad y para todos los cumpleaños. Va tan adelantado, que ya subrayó lo que quiere cuando tenga doce años: relojes submarinos, sistemas electrónicos de entretenimiento con pantallas de televisión gigantes, cámaras digitales, telescopios tan potentes que pueden alcanzar Venus. Un trampolín de agua más grande que nuestras dos recámaras juntas.

—Mira, Pete —me mostró una noche en la pantalla de la computadora.

Era un puente de cuerda de veinte metros de largo. Costaba miles de dólares.

—Qué útil —le dije.

—Lo sé —respondió—. Al Tío Plumas le encantaría este regalo.

Qué suerte para nosotros que Fudge no sepa usar Internet.

***

La primera vez que Fudge fue a jugar a casa de Richie Potter, regresó a casa con la cabeza alborotada.

—Necesitamos un departamento más grande.

—Nos gustaría tener un departamento más grande —dijo mamá—, pero, mientras tanto, somos muy afortunados por tener este.

—Pero, mamá, necesito por lo menos dos cuartos: uno para mí y otro para mis juguetes —insistió Fudge—. Si papá y tú durmieran en la sala, yo podría dormir en su cuarto y guardar mis juguetes en el *mío*.

—¡Sigue soñando, Fudge! —me burlé.

—No estoy soñando, Pete. Estoy completamente despierto.

Luego entró a mi cuarto sin pedir permiso, como de costumbre. Todos pensaban que estaría haciendo mi tarea de Humanidades, pero la verdad es que le estaba enviando un correo electrónico a Jimmy Fargo. Si mis papás se llegaban a enterar, me metería en serios problemas. Ya me advirtieron que si no sacaba buenas notas, volverían a poner la computadora en la sala.

—El problema con esta familia es que no tenemos suficiente dinero —diagnosticó Fudge—. Necesitamos más. Y pronto.

—No pierdas las esperanzas —le dije—. Quizás nos saquemos la lotería.

Los ojos de Fudge se iluminaron.

—¡La lotería! ¡Eso es!

Pero cuando le contó a papá su gran idea, él le respondió:

—Comprar boletos de lotería es tirar el dinero a la basura.

—No —alegó Fudge—. ¡Es una manera fácil y rápida de hacerse rico!

—Así estamos bien —le dijo mamá—. Estamos agradecidos por todo lo que tenemos. Nos tenemos el uno al otro, tenemos salud y...

—¡Eso es lo que tienes *tú*, no *yo!* —la interrumpió Fudge.

—Esto es el colmo —dijo por fin mamá.

—Creo que estoy de acuerdo —convino papá.

***

A la tercera semana de clases, Fudge ya debía hacer tarea. No recuerdo haber tenido que hacer tarea en el kinder, o incluso en primer grado. Fudge la hacía tirado en el piso, frente al televisor, mientras papá y mamá veían el noticiero de la tarde.

—Déjame ver qué estás haciendo —le dije a Fudge y le arrebaté la hoja de papel. Leí a continuación:

LLENA LOS ESPACIOS EN BLANCO

Lo que más me gusta es ______________.

______________________ es bueno.

______________________ es divertido.

Sueño con ______________________.

Me gusta leer sobre ______________.

Me gusta dibujar ______________.

Un buen nombre para mí es ______________.

—¿Cómo se supone que Fudge deba llenar los espacios si ni siquiera saber escribir? —pregunté a mis papás.

—Sí sé escribir —dijo Fudge.

—Sí... como tres palabras.

—No necesito más —dijo, y me arrebató el papel.

Escribió rápidamente, mientras decía:

—¡Qué fácil!

Luego, lleno de orgullo, volvió a enseñarme la hoja de papel. Leí entonces:

LLENA LOS ESPACIOS EN BLANCO

Lo que más me gusta es el dinero.

El dinero es bueno.

El dinero es divertido.

Sueño con dinero.

Me gusta leer sobre dinero.

Me gusta dibujar dinero.

Un buen nombre para mí es don Dinero.

Dos días después Fudge tuvo que ir con la psicóloga de la escuela para que lo evaluara.

—Fue divertido —nos platicó esa noche—. Jugamos y dibujamos. ¿Adivinen qué dibujé?

No esperó a que adivináramos:

—Dinero... dinero... dinero. Dibujé signos de dólar con alas. Toneladas y toneladas de dinero.

—Dineeeyo —cantó Tootsie.

Al día siguiente, mis papás recibieron una llamada de la misma psicóloga pidiéndoles que se presentaran en la escuela. Fueron el miércoles por la tarde. Mi abuelita vino a casa para cuidar a Tootsie. Cuando mis papás regresaron, mamá estaba muy alterada.

—¿Sabes qué nos pregunto la psicóloga? —le dijo mamá a abuelita—. Que si teníamos problemas en casa. Me preguntó si mi marido o yo habíamos perdido el empleo o si necesitábamos ayuda financiera. Fue muy humillante.

Abuelita le preparó una taza de té.

—No lo tomes tan a pecho, Anne. Sólo está haciendo su trabajo.

—Eso no es todo —continuó mamá—. Sugirió que en vez de *comprarles* cosas a los niños, pusiéramos énfasis en todo aquello que es gratis en la vida. Como si no lo hiciéramos todos los días —mamá empezó a llorar—. No sé qué hacer.

—Ya pasará, hija —le dijo abuelita.

—¿Y si no pasa? —preguntó mamá.

—No crucemos el puente antes de llegar al río —dijo abuelita.

Como dije, mi abuelita siempre tiene un dicho para cada ocasión.

***

Esa noche, cuando mamá entró a mi cuarto para darme las buenas noches, se sentó en la orilla de mi cama.

—Peter... he estado pensando ¿Te hemos dicho que las mejores cosas de la vida no tienen precio? Como la salud, el amor y la amistad. Ésos son los valores más importantes en nuestra familia, ¿verdad?

—Sí, mamá. Siempre.

—Y entiendes que el dinero no garantiza la felicidad. No importa cuánto tengas. Lo sabes, ¿verdad, Peter?

—Claro, mamá. Lo sé. Eso es lo que le pasa a Jimmy: ni con todo el dinero que ahora tiene su papá puede tener a su mamá a su lado. Ni siquiera puede hacer que sus papás se caigan bien.

A mamá se le llenaron los ojos de lágrimas.

—Pero para tu tranquilidad, mamá, debes saber que no pienso en eso todos los días.

—¿No piensas en qué?

—No me levanto todas las mañanas diciendo: *¡Qué maravilla! ¡Las mejores cosas de la vida son gratis!*

—Entonces, ¿en qué piensas?

—¿Qué es lo primero que pienso en las mañanas?

Mamá asintió.

—No sé. Por lo general, que me gustaría levantarme más tarde. O me pregunto si estudié suficiente para la clase de Español. O pienso en los Mets, o en los Knicks o en los Rangers, dependiendo de la temporada deportiva.

—Pero no te levantas pensando en dinero, ¿o sí?

—¿Cómo crees? A la mejor si fuéramos muy pobres o si no tuviéramos nada que comer... pero supongo que, en ese caso, me levantaría pensando en comida, no en dinero.

—Sólo me tranquilizaría si supiera que el dinero no es tu principal pensamiento —dijo—. Ni siquiera el número veinte en tu lista de propósitos.

—Si hiciera esa lista, mamá, probablemente ni aparecería.

—Gracias, Peter. Me siento mucho mejor.

7 Materia verde

La idea de llevar a Fudge a Washington, D.C., para que conociera la Casa de Moneda, fue de mi abuelita: "Deja que vea la materia verde recién salidita del horno", le había sugerido a mi papá, mientras lavaban los trastes.

—¿Qué materia verde? —preguntó Fudge a sus espaldas.

Ellos pensaban que mi hermano estaría apaciblemente dormido en su cuarto, pero yo lo había visto deslizarse bajo la mesa de la cocina, desde donde escuchó todo lo que decían.

—Fudge, ¿qué haces allí? —le preguntó mamá, que entraba justo en ese momento a la cocina, luego de acostar a Tootsie—. Deberías estar dormido.

—No puedo hasta que averigüe qué es *la materia verde.*

—¿De qué *materia verde* estás hablando? —preguntó ella.

—No sé. Eso es lo que estoy tratando de averiguar.

—*La materia verde* es el dinero —explicó abuelita.

—Conque dinero, ¿eh? —exclamó Fudge—. ¡*Adoro* el dinero!

—Ya lo sabemos —le dije.

—¿Vas a cocinar dinero? —le preguntó Fudge a abuelita mientras se reía de buena gana.

Abuelita también se rió y negó con la cabeza:

—El dinero no se *cocina*. El gobierno lo *imprime*.

—Yo sé imprimir —afirmó Fudge—. Puedo imprimir todo el alfabeto completo.

—*Ya* sabemos —dije.

—Fudge, sal ahora mismo de allí abajo —ordenó mamá—. De lo contrario no vamos a tener tiempo para un cuento.

—Hoy quiero que abuelita me lo lea.

—Será un honor —respondió ella.

—¿Me lees un cuento sobre *la materia verde*?

—No estoy segura de tener libros sobre *la materia verde* —dijo abuelita—, pero quizá pueda inventar una historia sobre un niñito a quien le gustaba tanto el dinero, pero tanto...

—Tanto que, qué —preguntó Fudge—. ¿Tanto que se lo comía?

—Lo vas a averiguar cuando estés en la cama y te cuente la historia completa —dijo abuelita. Pero por la forma en que apretó los labios, supe que no sabía cómo salir del embrollo en que ella misma se había metido.

Al día siguiente abuelita nos contó que a Fudge le había encantado la historia de un niño que va a Washington a aprender cómo se hace el dinero. Mamá y papá lo vieron como una señal.

—Estoy segura que un viaje no le vendría mal. ¿Recuerdas cuando me llevaste a hacer ese recorrido? —le recordó mamá a abuelita.

—Claro que sí.

—Tal vez sirva para que Fudge entienda. ¡Buena idea, Muriel! —felicitó papá a abuelita, y ella estaba radiante.

—Hace siglos que no vamos a Washington —dijo mamá.

—Yo *nunca* he ido —les dije—. Jimmy Fargo dice que el Museo del Aire y del Espacio es lo máximo. ¿Podemos ir?

—A mí me parece bien —dijo papá.

Abuelita se ofreció quedarse unos días en nuestro departamento para cuidar a Tootsie, Tortuga y el Tío Plumas.

Una semana después, cuando providencialmente suspendieron las clases unos días debido a una junta de maestros, nos fuimos a Washington, D.C.

***

Salimos muy temprano y desayunamos en el tren. Fudge estaba realmente impresionado con el vagón-comedor. En cuanto llevamos nuestras bandejas a los asientos, quería volver otra vez. Mamá y papá estaban sentados frente a nosotros, así es que a mí me tocó compartir, una vez más, mi espacio con Fudge.

—Anda, Pete... vamos al comedor otra vez.

—Todavía no he terminado —le dije antes de beber el último trago de jugo.

Fudge se quedó callado como dos minutos. Luego, preguntó:

—¿Ya casi llegamos, Pete?

—No, olvídate. Ni siquiera estamos cerca. Son tres horas a Washington, así que mejor mira tus libros, o dibuja o haz algo.

Yo saqué mi Electroman Extra-Avanzado. Pero justo cuando estaba por iniciar un juego Fudge tapó la pantalla con su mano:

—¿Ahora sí vamos al vagón-comedor?

—Si te llevo, ¿vas a dejarme en paz?

—Claro, Pete.

Le pedí dinero a papá. Me recordó que no le comprara dulces a Fudge, como si necesitara que me lo recordaran: de por sí ya estaba incontenible.

—Un plátano estaría bien —sugirió papá—. Y jugo, en lugar de refresco.

El vagón-comedor estaba tres vagones adelante del nuestro. Fudge ya había aprendido a abrir las puertas intermedias pisando el pedal que está al pie de cada puerta. Le encantaban las ráfagas de aire que se forman al pasar corriendo de un vagón a otro.

—¡Qué divertido, Pete! Me gustaría subirme al tren todos los días.

—Nos subimos al metro —le recordé.

—Pero en el metro no hay vagón-comedor, y los asientos no están suaves. Lo peor es que no puedes ver nada por la ventana porque todo está oscuro.

—Es porque el metro es subterráneo.

—¿En serio? ¡Yo no sabía eso!

—Pues ahora ya lo sabes.

—William dice: "aprendan algo nuevo cada día". William es muy inteligente, Pete. Es el profesor más inteligente del mundo.

"Sí, como no", pensé.

En el vagón-comedor, Fudge compró un plátano y un jugo. Mientras yo pagaba, peló el plátano y se lo comió casi entero. Sus mejillas estaban tan infladas que no podía ni hablar. Insistió en cargar él mismo la cajita de cartón en donde llevaba la cáscara y su botecito de jugo. Pero al regresar a nuestro vagón de pronto el tren viró bruscamente y Fudge perdió el equilibrio. Salió disparado y aterrizó en el regazo de una mujer que llevaba un traje rojo, cubierto para entonces del plátano amasado y a medio masticar que Fudge le escupió encima.

—¡Largo de aquí! —le gritó—. ¡Que alguien me quite a este niño de encima!

Ella misma lo hizo, violentamente, como si se quitara de encima un perro rabioso o algo peor.

—¡Ay! Mira lo que hiciste. Arruinaste mi traje —chilló y se volvió hacia un hombre que viajaba cerca de ella, al otro lado del pasillo—. ¿Qué voy a hacer ahora? ¡Tengo una cita en la Casa Blanca!

Luego le lanzó una mirada fulminante a Fudge, que apenas se reincorporaba.

—Sabes quién vive en la Casa Blanca, ¿verdad?

—El presidente —respondió Fudge.

—¡Exactamente! Y voy a contarle cómo se manchó mi traje.

La mujer se puso de pie de un salto y se dirigió a los sanitarios, al fondo del vagón.

—Dígale que fue con un simple plátano —le gritó Fudge—. Y también recuérdele cómo me llamo para que jamás lo olvide: Farley Drexel Hatcher, pero puede llamarme Fudge, como mis amigos.

Lo tomé del brazo y a rastras lo llevé hasta nuestros lugares. Nada ni nadie en el mundo podría convencerme de llevarlo otra vez al vagón-comedor.

***

Cuando por fin llegamos a Washington nuestra primera parada fue en la Casa de Moneda. Es ahí donde imprimen *la materia verde*. Había como veinte personas más en nuestro grupo de turistas. La guía se llamaba Rosie. Era pelirroja, tenía ojos oscuros y dientes grandes.

Antes de que diera inicio nuestra visita oficial, Rosie nos habló sobre algunas de las cosas que veríamos durante el recorrido. "Datos divertidos", los llamó ella. Decidí anotarlos en mi cuaderno en caso de que alguno de mis profesores me encargara escribir un reporte sobre el dinero norteamericano.

—Dato divertido número uno —dijo Rosie—. La Casa de Moneda produce 37 millones de billetes al día, que equivalen a unos $696 millones de dólares.

Fudge alzó la mano y preguntó:

—¿Billetes y dinero son la misma cosa?

Rosie le dijo que sí:

—Se les llama billetes, dólares, plata...

Un sujeto gritó:

—¿También se les llama *lana*?

Un par de personas se rieron. Otras lanzaron un leve gruñido.

—Pues sí —respondió Rosie—. Supongo que algunas personas se refieren al dinero como *lana*, e incluso le dicen *pasta*.

—¿Y *materia verde*? —gritó Fudge—. Así le dice mi abuelita.

Esta vez casi todos se rieron. Pensé que en cualquier momento Fudge haría una caravana ante su público. Pero Rosie no dejaba de mirar su reloj y le pidió al grupo que guardara sus preguntas y comentarios hasta que terminara de contarnos todos sus *Datos divertidos*. Luego nos condujo a través del detector de metales. Fudge preguntó si íbamos a abordar un avión. Rosie le explicó que no, pero que como estábamos en un edificio federal tenían que asegurarse de que nadie estuviera armado.

—¿Armado? —preguntó Fudge, justo antes de que papá pasara por el detector activando la alarma.

Nadie habría prestado la menor atención si Fudge no hubiera gritado a continuación:

—¡Papá! ¿Estás armado?

Todos lo miraron precavidos.

—Es la hebilla del cinturón, cabeza de chorlito —lo reprendí.

Rosie respiró hondo y miró su reloj un par de veces más. Aún mantenía su sonrisa, pero ya no se la veía tan contenta. Nos condujo por un largo corredor. La seguimos en fila india a través de pasadizos muy angostos que viraban de vez en vez. El viejo piso de duela del edificio rechinaba bajo nuestros pies. Cada cierto número de pasos nos deteníamos frente a unos muros de vidrio que nos permitían ver cómo se producía *la materia verde*. Conforme la multitud se acercó a uno de los muros de vidrio, Fudge logró meterse hasta el frente, colándose entre todas esas piernas incluso, con tal de tener el mejor punto de vista posible. Luego saludaba a los trabajadores con la mano. Lo escuché cantar en voz baja:

¡Ay! Dinero, dinero, dinero...
Dinero, dinero, cuánto te quiero.

Allí vimos cómo imprimían, cortaban, apilaban y contaban *la materia verde*. Ya que Fudge mostraba tanto interés, Rosie lo invitó a caminar junto a ella el tramo final del recorrido.

—¡Adoro el dinero! —le dijo Fudge.

—Pues entonces viniste al lugar indicado —contestó Rosie.

—¿Quieres ver el mío? —sacó enseguida un fajo de billetes de plata Fudge—. Los hago yo mismo. No está mal, ¿verdad?

—El dinero de juguete está bien —convino ella—, siempre y cuando no trates de hacerlo pasar por dinero real, porque, en tal caso, podrías verte en serios problemas.

—¿Por qué? —preguntó Fudge.

—Porque esa es la regla —respondió con firmeza, lo cual logró callar a Fudge hasta el final del recorrido.

Fue entonces cuando nos preguntó si alguien tenía alguna pregunta en especial. La mano de Fudge fue la primera en alzarse. Rosie no pareció entusiasmarse con su interés, pero no tenía opción. Tuvo que darle la palabra.

—Todavía tengo que averiguar cómo se puede conseguir un montón a la vez —dijo Fudge.

—Un montón de... —Rosie respondió confundida.

—¡Dinero! —gritó Fudge.

Mamá dio un paso al frente y trató de explicarle:

—Fudge ha mostrado últimamente una gran curiosidad acerca del dinero —se justificó—, y supusimos que si lo traíamos aquí...

—Sé a lo que se refiere. Pero, señora, alguien tiene que meterlo en cintura —respondió firme.

—Yo lo haré —dijo un hombre alto de cabello cano—. Antes que nada, jovencito, necesitas educarte bien. Luego, cuando crezcas, necesitarás un buen empleo. Entonces, deberás ahorrar cada semana parte de tu salario. Invertir tus ahorros con cuidado. Dejar que tu dinero genere intereses. Y para cuando tengas mi edad, tendrás, con algo de suerte, un lindo nidito dónde pasar tus años de retiro.

El grupo rompió en aplausos.

Pero Fudge aún no estaba satisfecho:

—O alguien simplemente te lo puede dar para evitarte tantos problemas —terqueó Fudge.

De inmediato se escuchó un murmullo en el grupo. Oí que alguien dijo:

—Este niño no tiene remedio.

Rosie anunció entonces que debía irse a atender al siguiente grupo, por lo que nos pidió que pasáramos a la tienda de regalos.

—Te va a encantar la tienda de regalos —le prometió a Fudge—. A todos los niños les fascina.

—¿Tienda de regalos? —dijo mamá—. Warren, ¿sabías que había una tienda de regalos?

Papá gruñó malhumorado.

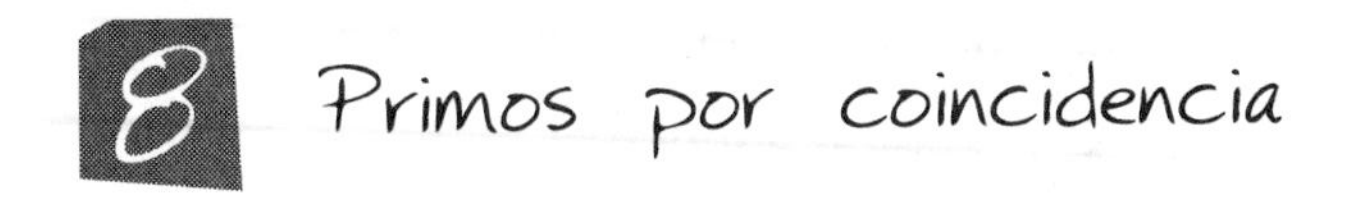

8 Primos por coincidencia

Rosie tenía razón: a Fudge le encantó la tienda de regalos. Todo lo que había ahí lucía el signo de dólar. *Todo*: camisas, calcetines, corbatas, lápices, cuadernos, tarjetas postales. Cualquier cosa que pudiera uno imaginarse estaba allí, siempre irradiando el sello portentoso del dólar.

—¡Esto es mejor que el recorrido! —canturreaba Fudge mientras corría de un lado al otro de la tienda. Estaba fascinado con una bolsa de dos kilos que contenía billetes triturados, hechos serpentinas, que alguna vez sumaron diez mil dólares, afirmaba la etiqueta. En esas penosas condiciones ya sólo valían cuarenta y cinco.

—Mira, Pete... diez mil dólares en una sola bolsa.

—Sí, pero están hechos trizas: no sirven para nada.

—¡Qué falta de imaginación! —me reprochó, mientras sopesaba con sus manos esa bolsa de basura—: están ahí, sólo hace falta pegarlos. Entonces sí que podría comprarme todos los juguetes del mundo.

—Aun si pudieras pegarlos con una sustancia mágica, sería dinero falso —le advertí—, y si trataras de usarlos, te meterían a la cárcel.

—De cualquier manera —concluyó papá—, cuarenta y cinco dólares es demasiado dinero.

—Entonces, ¿qué le parece una bolsa de cinco dólares? —sugirió el empleado, sosteniendo una más pequeña en su mano derecha, a la altura de su sonrisa acaramelada.

A Fudge le gustó la idea:

—Quiero una para mí y otra para Richie.

—Richie Ricón no necesita dinero triturado —dije.

—¿Y tú, Pete?

—Yo tampoco lo necesito. Ni siquiera lo quiero.

—Bueno, está bien —se resignó Fudge—. Entonces sólo voy a llevar una bolsa para mí.

Mientras papá pagaba en la caja, Fudge ponía la tienda de cabeza.

—¿Qué les parece esta corbata con el signo de dólar? —gritó— ¡La quiero, mamá, por favor! ¿Me la puedo llevar?

Mamá corrió hacia él:

—¿Y se puede saber para qué quieres tú una corbata?

—¿Cómo que para qué? ¡Para usarla! —respondió Fudge—. ¡Por favor, mamá preciosa, linda, por favor!

—Está bien —se rindió mamá—. Pero nada más.

—¿Y Tootsie? —preguntó Fudge.

—Tootsie no necesita nada de esta tienda. Ella no entiende nada sobre el dinero.

—*Todavía* no—corrigió Fudge. Luego se alejó, riéndose como lunático.

Me volví hacia mamá y papá:

—Entonces, ¿creen que ya se curó?

Los dos me miraron como si el lunático fuera *yo*. Luego papá dijo:

—Vámonos.

Mientras recogíamos nuestras cosas, Fudge corrió a través de la tienda de regalos.

—Papá. Ese señor te está *ogservando*.

—¿Cuál?

—*Ése* —dijo Fudge, apuntando hacia el otro lado de la tienda.

—No apuntes con el dedo. No es de buena educación —lo reprendió mamá.

—Entonces, ¿cómo va a saber papá de *qué* señor estoy hablando?

—Buena pregunta —concedí—. Hay mucha gente.

—Peter, por favor... —me reprendió entonces a mí meneando la cabeza. Luego se volvió hacia Fudge:

—Puedes describirlo, Fudge, en vez de apuntarlo con el dedo.

—Está bien —aceptó Fudge—. Ese señor, el que se parece un poco a ti, te está *ogservando* desde hace rato, papá.

—No se dice *ogservando* —corregí a Fudge por millonésima vez—. Se dice *observando*.

El mismo señor comenzó a avanzar desde el otro extremo de la tienda y se dirigió directo a papá. Era un tipo grande: más alto y voluminoso que papá. Su voz resonó por todo el lugar:

—Tienes la mandíbula de los Hatcher y los ojos de los Hatcher y, a no ser que esté equivocado, ¡juraría que *eres* un Hatcher! —aseguró, al tiempo que estiraba su mano para presentarse—: Howard Hatcher, de Honolulu, Hawai.

Papá quedó atónito durante un instante y tardó un poco en reaccionar.

—No puede ser —reaccionó torpemente papá—. ¿Me estás diciendo que eres nada más y nada menos que mi primo Howie Hatcher?

—El mismo. Y tú debes ser mi primo Barrilito, ¿no es verdad?

—¿Mi primo Barrilito? —repitió Fudge extrañado.

Estaba pensando exactamente lo mismo, pero, a diferencia de Fudge, no siempre *digo* lo que pienso.

—Soy Warren —se presentó papá carraspeando, súbitamente colorado.

El primo Howie le dio una palmada amistosa en el hombro:

—Perdiste unos kilitos desde la última vez que nos vimos, ¿eh? En aquellos días eras una auténtica bolita de cebo —recordó entre risas—. Qué digo una auténtica bolita de cebo: ¡una inmensa bola de manteca!

Papá metió el estómago y se puso muy derecho.

—Tienes que hacer un poco de ejercicio, Barri —le recomendó Howie, dándole un piquete en la panza, como si papá fuera un osito panda.

—Hago ejercicio, Howie —dijo papá con tono y gesto lejanos, como si de pronto se hubiera arrepentido de saludar a ese señor, como si deseara no haber tenido nunca un primo Howie, ni volver a encontrárselo jamás.

—Bueno, pues a lo mejor tienes que hacer más —respondió el primo Howie—. Correr, por ejemplo, un par de maratones.

Esos comentarios me parecieron de lo más extraños porque papá se veía mucho más delgado que el primo Howie, quien de pronto viró peligrosamente su atención hacia mí y Fudge. Me paré derecho, eché los hombros hacia atrás y metí el estómago lo más que pude.

—¿Ven? Por eso lo llamábamos Barrilito —dijo el primo Howie, como si no nos hubiera quedado claro a estas alturas—. De modo que dime, Barri, ¿estos muchachos son tuyos?

—Sí. Ésta es mi familia. Mi esposa, Anne...

El primo Howie le besó la mano a mamá.

—Así que tú eres la damita que le robó el corazón a Barri.

Mamá lo saludó con una expresión de repugnancia.

—Y estos son mis dos hijos: Peter y Fudge.

—¡Fudge! —exclamó el primo Howie—. ¡Vaya nombre!

—En realidad se llama Farley Drexel —dijo papá—. Pero le decimos Fudge.

—¡Farley Drexel! —repitió el primo Howie, pero elevando tanto la voz que debí retroceder unos pasos—. Vaya coincidencia.

Fudge me dio un tironcito en la camisa para llamarme a un lado:

—¿Qué es una coincidencia? —me preguntó.

—Es cuando ocurre algo curioso o afortunado que no esperabas.

—No esperábamos al primo Howie, ¿verdad?

—No —respondí—. Definitivamente no esperábamos al primo Howie. Pero es más una desgracia que una coincidencia, porque parece que este encuentro no tiene nada de curioso ni mucho menos de afortunado.

El primo Howie no estaba solo. Nos presentó a su esposa, Eudora, una mujer voluminosa, con pecas, boquita de muñeca y cabello de paja.

—Amorcito, ven para acá —le ordenó más bien—. Quiero presentarte a mi primo el Barrilito Hatcher, a quien no había visto en años.

—*Warren* —dijo papá con una sonrisa forzada.

—Cierto —dijo el primo Howie—. Me lo machaca para que no se me olvide.

Papá respiró hondo mientras Eudora decía efusivamente:

—En todos estos años he oído tanto de ti, Barrilito.

—Warren —insistió papá ya sin su sonrisa forzada—. Me llamo *Warren.*

—Desde luego —respondió ella, riendo—. Es natural que ya no uses tu apodo de niño. Imagínate que, siendo ya todo un hombre, te siguieran llamando *Barrilito.* Qué pena, ¿verdad?

—La verdad es que Howie es la *única* persona que alguna vez me llamó *Barrilito* —le aclaró papá.

—No me digas —pareció asombrarse Howie—. Y yo que siempre había creído que *todos* te llamábamos Barrilito.

Eudora sonrió con dulzura y le dijo a papá:

—Es una lástima que hayan perdido contacto desde que la familia de Howie se mudó a Hawai. No sabes cuánto te extraña Howie.

Después, Eudora tomó a mamá de la mano:

—Siento como si hubiera una conexión cósmica entre nosotras, ¿tú no?

Antes de que mamá tuviera oportunidad de contestar, de decirle, por ejemplo: "Pues fíjate que no. No siento que podamos estar conectadas en lo absoluto. ¿Cómo sería posible que alguien en su sano juicio pudiera sentirse conectado con ustedes?", Eudora prosiguió:

—Esto es tan maravilloso. Ya nos habíamos acostumbrado a estar sin familia, y de pronto, encontrarlos así, de la nada...

Eudora se abalanzó sobre mamá, y le dio un abrazo tan fuerte que parecía querer asfixiarla más bien.

Mamá logró asomar el rostro y volteó a ver a papá esperando que la salvara, cuando repentinamente Fudge intervino:

—Esta es una verdadera coincidencia.

Eudora parecía sorprendida.

—Pues sí... lo es. Una auténtica coincidencia.

A mí me seguía pareciendo más una desgracia que una coincidencia. Además, papá jamás nos había mencionado nada sobre ningún primo Howie. Pero las coincidencias no pararon allí. Enseguida, Eudora lanzó un silbido y, de entre los estantes, aparecieron dos niñas como de mi edad que caminaban hacia nosotros.

—Niños —nos dijo a Fudge y a mí—, quiero presentarles a sus primas Flora y Fauna Hatcher. Se llaman así por las bellezas naturales que hay en nuestras islas hawaianas. Y así es precisamente como las llamamos: nuestras Bellezas Naturales.

Fudge no pudo reprimir un ataque de risa, aunque más bien pareció de hipo. Le di un codazo y se tapó veloz la boca con la mano. ¿Acaso no fue él quien me dijo que no debía burlarse nadie del nombre de las personas? No es que yo no tuviera ganas de reírme de que las primas esas se llamaran *Flora* y *Fauna.* Pero estaba decidido a comprobar que podía controlarme. Era parte de mi nueva madurez de alumno de séptimo grado.

Eudora siguió hablando con mamá y papá, y nos dejó a nosotros con las bellezas naturales.

—Somos gemelas —dijo una de ellas.

—Gemelas idénticas, en caso de que no lo hayan notado —agregó la otra.

—¿Quieren saber cómo pueden distinguirnos? —preguntó la primera.

—¿Por sus huellas digitales?—preguntó Fudge.

—En caso de que no tengas acceso a nuestras huellas digitales —añadió la segunda—. Yo soy Flora y tengo una cicatriz en la barbilla.

Sacó la barbilla y señaló la cicatriz que tenía allí.

—¿La ven?

Luego, la otra nos reveló su marca distintiva:

—Yo soy Fauna y tengo un lunar en el ojo derecho, pero tienen que mirar muy de cerca para poder verlo.

"¿A quién le interesa?", pensé mientras Fudge se paraba de puntitas para inspeccionar el ojo derecho de Fauna.

—¿Cuántos años tienes? —me preguntó Flora.

—Tiene doce años —contestó Fauna enderezándose. Era un poco más alta que yo.

—¿Cómo lo adivinaste? —pregunté.

—Simplemente lo sé —respondió Fauna.

—¿Cuántos años tienes tú? —le pregunté.

—Adivina ahora tú —respondió.

—No me gusta adivinar —les aclaré a las dos.

—¿Ya oíste? No le gusta adivinar —le confirmó Fauna a Flora, y ambas lanzaron una risita.

¿Por qué las niñas se ríen todo el tiempo? Es decir, ¿acaso todo es graciosísimo o sólo ellas lo ven así?

—¿Y no quieren saber cuántos años tengo *yo*? —preguntó Fudge. Como de costumbre, no esperó a que le respondieran—: Tengo cinco años, pero pronto voy a cumplir seis. Estoy en un grupo confuso.

—¿Qué es un grupo confuso? —preguntó Flora.

—Es un paso entre el kinder y el primer grado, pero sólo para los que somos muy inteligentes —respondió seguro, a pesar de que aún no aprendía que su grupo era compuesto y no confuso—. Pete va en séptimo grado —agregó.

—Nosotras también iríamos en séptimo grado si... —comenzó a decir Flora.

—Si fuéramos a la escuela —concluyó Fauna.

—¿Por qué no van a la escuela? —preguntó Fudge.

—Tomamos clases en casa —dijo Fauna.

—¿Qué significa eso?

—Que nuestros padres nos educan en casa —explicó Flora.

—¿Quiénes son sus compañeros de clase en casa? —preguntó Fudge.

—Nadie más —respondieron al mismo tiempo.

—Bueno, a excepción de nuestro hermano que a veces anda por allí —dijo Flora. Advertí entonces que un niñito se escondía a sus espaldas.

—Tiene casi cuatro años —dijo Fauna— y aunque no se note...

—Nuestra mamá está embarazada otra vez —dijo Flora susurrando.

—Nuestra mamá también estuvo embarazada una vez —dijo Fudge, también en secreto.

—¿Sólo una vez? —preguntó Flora, y luego miró a Fauna. Obviamente, volvieron a reírse.

—¿Verdad, Pete?

—Más bien tres veces: la mía, la tuya y la de nuestra hermanita, que es la única que tú viste —le expliqué.

—Será por eso que me había olvidado cuando estuvo embarazada de ti y de mí —dijo Fudge. Apenas terminó de decirlo, empezó a brincar y canturrear:

—Ya sé cómo se metió el bebé dentro de su panza...

—Todos lo sabemos —dije, en un intento por impedir que siguiera.

Esta vez Flora y Fauna se rieron abiertamente. Luego Flora dio un paso al frente y dijo:

—Éste es nuestro hermanito. Si ustedes creen que tienen nombres interesantes, ¡esperen a oír el suyo!

—¡Se llama Farley Drexel! —anunció Flora.

—*¿Farley Drexel?* —gritó Fudge—. ¡Es mi nombre!

—No puede ser —le dijo Flora.

—¡Ése es mi nombre! —insistió Fudge apoyando sus puños en la cadera, como reclamándoles.

—No tiene nada de extraño porque es un nombre tradicional de la familia —dijo Fauna.

—Es cierto, nuestros papás son primos, ¿recuerdan? —les dije.

—Quieres decir que... —empezó a decir Flora.

—Que Farley Drexel Hatcher... —prosiguió Fauna.

—Era el tío de *tú* papá y también de *nuestro* papá —concluyó Flora.

Asentí.

—Pero no hay problema porque a él le decimos Fudge —dije.

—Es cierto —confirmó él mismo—, todo el mundo, excepto mi hermanita, me llama Fudge. Ella me dice *Fu*, porque no puede pronunciar todavía Fudge.

—¡Fudge! Qué buen nombre —exclamó Fauna—. Hemos estado tratando de encontrar...

—Un buen apodo para Farley —dijo Flora.

—¡Y "Fudge" es ideal! —agregó Fauna.

—Él no puede llamarse como yo —rechazó Fudge.

—Aunque no quieras, ya los dos tienen el mismo nombre —le recordé.

—Entonces que se quede con Farley Drexel si quiere, pero no estoy dispuesto a compartir mi otro nombre: ¡*Fudge*!

Enseguida, plantó sus pies firmemente en el piso y elevó los brazos, listo para defender su apodo.

—Pueden decirle Farley o Drexel o, si prefieren, FD, ¡pero jamás de los jamases "Fudge"!

Hmm. ¿Dónde había escuchado esas palabras antes? Entonces Fudge me hizo reaccionar con un codazo:

—¿Te acuerdas cuando Cara de Rata dijo eso, Pete?

"Sí, claro", recordé al fin: Cara de Rata. Su maestra de kinder. Luego me empecé a reír.

El pequeño Farley parecía querer retomar la discusión porque lanzó entonces un gruñido.

—Mi nombre es mío —Fudge insistió, y por si no les hubiera quedado claro—: ¡Sólo mío!

—No puedes apropiarte de un nombre —dijo Flora.

—¡Claro que sí puedo! —insistió Fudge.

El pequeño Farley volvió a gruñir. Fudge lo miró y luego dijo:

—¿No puede hablar?

—Claro que puede —dijo Flora.

—Pero no tiene que hacerlo porque... —comenzó a decir Fauna.

—Decimos todo por él —concluyó Flora.

Conversar con las Bellezas Naturales era como observar a dos personas jugando un video-juego: si intentas seguirlo te mareas.

Cuando el pequeño Farley gruñó por tercera vez. Fauna nos explicó:

—Le gusta hacer como un oso.

—O como un león —agregó Flora.

—Por mí que sea oso o león, siempre y cuando se olvide de Fudge —reiteró mi hermano.

Esta vez, el pequeño Farley le mostró incluso los dientes.

—Creo que deberíamos llamarlo Fudge-ito —le sugirió Fauna a su hermana.

—O Fudge-ilino —compuso Flora

—¡Ése me gusta! —dijo Fauna y abrazó emocionada a su hermanito.

—¿Por qué no lo llaman mejor *Mini* —les dije.

—¿Minnie? —preguntó Flora.

—¿Cómo la ratoncita Minnie? —preguntó Fauna.

—No. Como el Mini-Fudge —les dije. Y por si no habían entendido se los deletrée—: *M-i-n-i*.

—*Mini*-Farley —intervino Fudge más decidido que antes—. Porque hay un solo Fudge, ¡y ése soy yo!

Mini-Farley se puso a gatas y volvió a gruñirle a Fudge, pero ahora sí lo atacó: de una mordida, se aferró a su pantalón. Fudge trató de quitárselo de encima agitando la pierna, pero Mini mordía con mucha fuerza el pantalón y tiraba de él hacia el piso, haciendo que Fudge girara y perdiera finalmente el equilibrio. Al caer como un saco de arena, Fudge lanzó un grito que nos heló la sangre a todos. No sólo nuestros padres se alarmaron, sino toda la gente que estaba en la tienda de regalos.

—¡Ya basta, Farley! —gritó Flora mientras Fauna lograba por fin desprenderlo del pantalón de Fudge.

Papá corrió hacia Fudge y se arrodilló junto a él para revisarle la pierna.

—Papá —lloraba Fudge—. ¡Diles que no pueden robarme mi nombre!

—Nadie te está *robando* tu nombre —concedió papá, tratando de calmarlo.

—¿De veras? —preguntó Fudge, mientras se limpiaba la nariz con la manga.

—Sólo te lo estamos pidiendo prestado —intervino imprudentemente Fauna.

—¡No es justo! —volvió a chillar Fudge—. Si quieren tomar algo prestado, primero tienen que pedir permiso. ¿Verdad, papá?

Papá estuvo de acuerdo:

—Así es como debe ser.

—Entonces digamos que estamos... —empezó a decir Flora mirando a su hermana.

—Imitando tu nombre —siguió Fauna.

—¿Imitando? —preguntó Fudge.

—Sí. La imitación es la forma más elevada de la admiración —dijo Flora.

—Si quieres imitar algo, primero tienes que pagar dos millones de dólares para obtener los derechos —retó Fudge.

Las Bellezas Naturales se rieron ahora sí con ganas.

—Tu hermano es graciosísimo —me dijo Fauna.

—¿Es que no sabes que las mejores cosas de la vida no cuestan nada? —le preguntó Flora a Fudge.

Como si esa frase fuera una suerte de contraseña entre ambas, las Bellezas Naturales unieron sus cabezas, afinaron su voz y de inmediato empezaron a cantar, justo ahí, a mitad de la tienda de regalos:

Atrapemos la luna que es nuestra:
lo mejor de la vida nada cuesta.
Guardemos las estrellas en el corazón
porque es para todos su fulgor...

Di unos pasos hacia atrás, con la esperanza de desaparecer en medio de la muchedumbre que se había congregado en torno a ellas. "Esto es peor que el berrinche que hizo Fudge en la zapatería. Nunca debí haber venido a Washington. Debí haberme quedado en Nueva York con abuelita. O mejor me hubiera quedado con Jimmy Fargo. Cualquier cosa menos esto. ¡Todo antes que esta vergüenza!"

Por fin vino en mi auxilio el guardia de seguridad. Llegó a decirnos que, si ya habíamos terminado nuestras compras, quizá preferiríamos continuar el espectáculo en otro lado. "¡Sí! Muchas gracias, oficial. Gracias por salvarme".

9 El club de popó de panda

—*Sundaes* con *fudge* caliente para todos —le gritó el primo Howie al mesero en la cafetería, y añadió—, pero más vale que sean *sundaes* dobles.

Debí saber que el guardia de la Casa de Moneda no podía salvarme. Debí saber que mi papá y el primo Howie querrían ponerse al corriente y hablar de los viejos tiempos. Al primo Howie no le hizo gracia que mamá y papá dijeran que preferían helado de yogur, bajo en grasa, en vez de los *sundaes*. Se le notaba la decepción en su cara. Le pidió al mesero que les trajera a mis papás una orden aparte de *fudge* caliente, "por si acaso".

—En honor al tío Farley Drexel. ¿Recuerdas como le gustaba el *fudge* caliente, Barrilito? —preguntó el primo Howie.

—No —respondió papá.

—Entonces tu memoria anda fallando. El tío Farley comió *sundae* con *fudge* caliente todos los días de su vida. Estoy seguro de que le dices *Fudge* a tu hijo en honor del tío Farley Drexel y de sus buenos gustos.

—Créeme que te equivocas —dijo papá.

Eudora se rió.

—Bueno, Barrilito... de todas formas es un agasajo estar aquí contigo y con toda tu familia. Howie me ha contado tantas historias sobre ustedes dos. Sobre lo unidos que eran de niños, y cómo los dos querían ser guardabosques cuando fueran grandes.

"¿Guardabosques?", traté de imaginarme a papá como tal, pero no pude. Es un hombre completamente citadino.

—Howie sí lo logró —presumió Eudora—. Ha trabajado en todos los parques nacionales de Hawai. El dos de enero va a empezar a trabajar en el Parque Nacional Everglades como guardabosques. Entonces, vamos a poder recorrer todo el país.

—Los Everglades —suspiró papá—. Eso suena fantástico.

—Claro que sí —asintió el primo Howie—. ¿Qué hay de ti, Barrilito? ¿A qué te dedicas?

—*Warren* es publicista —respondió mamá—. Vivimos en la ciudad de Nueva York.

—¿Publicista? —el rostro del primo Howie se ensombreció de pronto—. *¡Publicista!*

—Así es —confirmó papá, y me dio mucho gusto que lo dijera con orgullo.

—¿Pero cómo puede ser, Barrilito? —preguntó el primo Howie—. ¿Estás diciendo que rompiste nuestra promesa?

—Howie... éramos niños —dijo papá—. Es normal que uno cambie sus aspiraciones a medida que crece.

—Pues ciertamente me decepciona mucho escucharte decir eso —dijo el primo Howie—. Jamás esperé que te vendieras.

—¿Qué vendiste, papá? —preguntó Fudge—. ¿Cuánto dinero te dieron?

—No se trata de venderse, Howie —prosiguió papá, ignorando a Fudge—. Era cuestión de madurar y dedicarme a lo que de verdad me interesó como hombre, no como niño.

"¡Contéstale, papá! ¡No te dejes!", le echaba porras en silencio. Sin proponérmelo, me imaginé encontrándome con Jimmy dentro de veinte años, luego de mucho tiempo de no habernos visto. La esposa de Jimmy recordaría, como no queriendo, que los dos habíamos prometido convertirnos en jugadores profesionales de hockey de calcetín. Para entonces, yo sería (no sé bien) diseñador de páginas web o director de cine, y Jimmy se enfurecería porque él sería estrella de los Calcetines Azules de Vermont, los campeones nacionales del hockey de calcetín. Seguro, también diría que me vendí.

—Qué peeena me das, Barrilito —dijo el primo Howie, como si alargando las palabras las hiciera más enfáticas—. La publicidad no ayuda en nada a que el mundo sea un mejor lugar para vivir.

—Claro que sí —dijo Fudge—. Yo aprendo mucho de los comerciales.

"Mucho de nada", pensé.

—¿Comerciales? —preguntó el primo Howie—. ¿Escribes comerciales?

Fudge le dio una lamida a su cuchara y dijo:

—Mi papá inventó el comercial de Jugo-sito, también el de la Chiqui-Bici y el del Explo-cereal.

Las Bellezas Naturales miraron a Fudge con total indiferencia.

—Ya saben... los que salen en la televisión —presumió Fudge.

—No tenemos televisión —dijo Fauna.

—Pete, ¿escuchaste? No tienen televisión.

—Y no se han perdido de nada que valga la pena —dijo el primo Howie.

Papá no respondió. Yo sabía que intentaba ser amable. Pero Fudge era como un tren descarriado:

—Y el año pasado papá escribió un libro —anunció con la cuchara en alto.

El primo Howie se relajó un poco:

—¡Un libro! Bueno, eso está mejor. ¿No está mejor eso, niñas? —dijo el primo Howie.

—¿Qué tipo de libro Barri? —preguntó Howie.

Pero papá no tuvo oportunidad de responder. ¡Claro que no!, porque mi hermano cabeza de chorlito sencillamente no podía quedarse callado:

—Uno más grande que los del Doctor Seuss, pero más corto que una enciclopedia. ¿Verdad, papá?

Papá intentó esbozar una sonrisa. Mamá y él intercambiaron miradas. Luego, papá dijo:

—En realidad, Howie, mi libro es una investigación sobre la historia de la publicidad.

El rostro de Howie se ensombreció de nuevo. Me percaté de que, cuando arrugaba la frente, sus cejas se juntaban como si fueran dos serpientes vivas.

—La historia es una cosa, Barri, pero la historia de la publicidad es...

Eudora posó su mano sobre el brazo del primo Howie.

—Vamos, Howie: recuerda que en el mundo hay toda clase de personas.

Las Bellezas Naturales reaccionaron como activadas por un resorte invisible. Luego, unieron sus cabezas y afinaron una nota.

"¡No, por favor!", imploré. "Van a volver a cantar. ¡Por favor que alguien me saque de aquí!"

Tal como lo había sospechado, entonaron otra canción, ahora una sobre cómo el amor hace girar al mundo. No sólo cantaron: también bailaron por toda la cafetería. Afortunadamente, sólo tres mesas estaban ocupadas.

Fudge se inclinó hacia mí y murmuró:

—¿Es eso una función, Pete?

"Sí... una función de locos", pensé. Pero en vez de contestarle a Fudge, me lamenté sofocadamente y oculté el rostro entre las manos, agradecido de que no estuviéramos en Nueva York, donde hubiera podido ser reconocido por algún compañero de la escuela, por ejemplo, que me dijera después: "Oye, Pete, te vi comiendo helado con un par de gemelas locas. ¿Son acaso parientes tuyas?"

Durante la función, Mini hundió su cara en el plato de helado y lo lamió hasta que quedó limpiecito. El primo Howie y Eudora no repararon en sus modales, ni siquiera cuando Mini pidió una orden extra de *fudge* caliente y lamió el plato con idéntica ansiedad. Ese niño me hizo recordar a Tortuga. Lame igualito el plato cuando le doy las sobras de huevo revuelto.

Cuando las Bellezas Naturales terminaron su función, todos aplaudieron, incluso el mesero que nos atendía. El orgullo de Eudora se desparramaba sobre la mesa:

—Saben actuar desde que tenían seis años. A lo largo y ancho de las islas hawaianas se les conoce como Las Celestiales Hatcher.

¡Todo eso era más embarazoso de lo que hubiera podido imaginar!

Cuando el mesero trajo la cuenta, papá la tomó.

—Yo invito —dijo.

El primo Howie no intentó ni siquiera discutir. Tampoco Eudora, quien sólo dijo:

—Gracias, Barrilito. El helado estuvo delicioso. Nunca olvidaremos este día.

Yo pensé: "Claro que no: ¡nunca olvidaremos este día!" Luego empujé mi silla hacia atrás y me puse de pie.

—Papá, ya vámonos —dije, mientras golpeaba la carátula de mi reloj—. ¿Recuerdas que quedamos en ir al Museo de Aeronáutica?

—¿Museo de Aeronáutica? —dijo Fudge—. ¿Hay tienda de regalos allá?

***

Esa noche mamá telefoneó a abuelita desde el hotel para saber cómo estaba Tootsie. En cuanto colgó, sonó el teléfono. Era el primo Howie. Cuando papá terminó de hablar con él, nos anunció:

—Bien, niños. El primo Howie los invita mañana a hacer el recorrido para invitados especiales en el Zoológico Nacional de Washington.

—¿Zoológico? —preguntó Fudge que jugaba con el avioncito que había comprado en el Museo de Aeronáutica.

—Sí —respondió papá—. ¿Y sabes qué hay en el Zoológico Nacional?

—¿Tigres? —trató de adivinar Fudge, mientras alistaba su avión para el despegue.

—Estoy seguro que sí —dijo papá.

—¿Y elefantes? —preguntó Fudge mientras estiraba la liga de la plataforma de lanzamiento de su avión.

—Es probable —respondió papá—. Y también tienen pandas.

—¿Pandas? ¿Cómo los de la Pantalla Gigante? —preguntó Fudge mientras disparaba el avioncito, que atravesó veloz el cuarto volando justo hacia mí. A toda prisa alcé mi nuevo libro, *Historia de las batallas aéreas,* para protegerme la cara y, en efecto, el avioncito se estrelló contra la pasta dura.

—¡Mira lo que le hiciste a mi avión, Pete!

—No es nada comparado con lo que tu avión pudo haberle hecho a mi cara.

—Ya está bien, niños —dijo mamá—. ¿Qué tal si mejor se van a dormir? Papá y yo estamos exhaustos y mañana tenemos otro día muy agitado.

Me quedé dormido casi enseguida y soñé que mi maestra de matemáticas era la mujer a la que Fudge le había manchado el traje rojo de plátano. Me pedía que resolviera un problema. Por más que lo intentaba, no lograba obtener la respuesta correcta. De pronto, me vi en un avión pequeño. Adentro todo estaba tan oscuro que no podía ver la cara del piloto. No sabía quién era hasta que me dijo:

—Entonces, Pete...

Salté al vacío, pero sin paracaídas. Al ir cayendo, pasé junto a las Bellezas Naturales que descendían lentamente.

—¡Atrápalo! —dijo Flora.

—¿Para qué? —preguntó Fauna.

Entonces desperté. Mi corazón latía a toda velocidad. Busqué mi reloj. Apenas habían transcurrido veinte minutos desde que mamá apagó las luces.

***

A las ocho de la mañana del día siguiente papá nos llevó con el primo Howie. Estaba a la entrada del parque, con su uniforme de guardabosques, y al mando de un carrito de golf que tenía el logotipo del zoológico.

—¿Ves, Barri? Si no te hubieras vendido también tendrías ciertos privilegios.

Eudora estaba a su lado y llevaba a Mini sentado en el regazo. Las Bellezas Naturales iban cómodamente sentadas atrás.

—¡Todos a bordo, niños! —gritó Howie—. Lamento mucho que no puedas acompañarnos, Barri, pero ya no hay lugar.

Papá no parecía afligido por no poder acompañarnos.

—Cuida a Fudge, Peter —me dijo, mientras se marchaba a toda prisa. Sentí ganas de salir corriendo detrás de él. Ir a un museo con mis papás siempre sería mejor que cualquier paseo con el primo Howie. Pero antes de que tuviera oportunidad de hacer nada, Howie arrancó a toda velocidad.

—¡Agárrense! —gritó, y casi atropella a un grupo de corredores matutinos. Fudge se aferró a mí conforme avanzábamos a toda velocidad por las callecitas del zoológico. En una curva pronunciada el carrito de golf estuvo a punto de volcarse. Mini se reía como loco. Las Bellezas Naturales gritaban a todo pulmón, y la que estaba sentada junto a mí (creo que era Flora), me apretó el brazo con tanta fuerza que me clavó las uñas. Poco faltó para que en la siguiente curva acabara sentada encima de mí.

—Papi, ¡no vayas tan aprisa! —gritaba histérica.

—¡Yupiii! —gritaba el primo Howie todavía más fuerte, conduciendo como loco.

—¡Yupiii! —gritó Mini también.

Por fin, Eudora entró en razón:

—Howie, ¡piensa en el ejemplo que les estás dando a los niños!

El primo Howie apretó el freno hasta el fondo y por poco salimos disparados.

—Perdí el control por un minuto —se justificó el primo Howie—. ¿Qué es lo que debemos hacer cuando perdemos el control?

—Nos detenemos y contamos hasta diez —respondieron las Bellezas Naturales con cierto alivio.

—¿Y si eso no funciona? —preguntó el primo Howie.

—Volvemos a contar hasta diez —respondieron ellas a la vez.

—Eso es justamente lo que voy a hacer. Vamos a contar todos juntos —ordenó. Respiró hondo y comenzó a contar hasta diez. Las Bellezas Naturales se sumaron a la terapia aritmética:

—No oigo a *todos* —dijo el primo Howie, en obvia alusión a Fudge y a mí. Debimos seguirle la corriente sin remedio. Cuando llegamos a diez, Mini dio unas pataditas al aire y gritó:

—¡Yupiii!

***

Después, cuando nos encontramos con mamá y papá, Fudge dijo:

—Miren lo que me compró la tía Eudora en la tienda de regalos de los pandas.

Fudge les mostró un pandita de peluche. Yo también había comprado uno igual para Tootsie.

—¡Qué amable fue Eudora en comprarte un recuerdo! —agradeció mamá.

—Pero... no es el que yo quería —repeló Fudge.

—Fudge quería un panda de tamaño natural que costaba 475 dólares —les expliqué.

—Fudge es tan gracioso —dijo Flora.

—Nunca habíamos conocido a alguien como él —dijo Fauna.

"¿Quién ha conocido a alguien como él?", pensé.

—Y mira esto —le dijo Fudge a mamá, ondeando un certificado en su cara—. Soy miembro oficial del *club de popó de panda*.

—¿El club de popó de panda? —repitió mamá.

—Sí. Fui el único que se atrevió a olerlo y a tomarlo con las manos.

—Estaba en una toalla de papel —aclaré.

—Pero de todos modos, Pete...

Pero, ciertamente, Fudge fue el único que se atrevió o tocarlo. Todos lo olimos, pero antes de que supiéramos qué era. Hasta entonces, habíamos pensado que serían cáscaras, porque tenían el color y la forma de algún tubérculo. ¿Cómo íbamos a saber que era popó de panda? A mí me pareció que olía a pasto. Después supe que el pasto y el bambú huelen casi igual.

Jane, la cuidadora de los pandas, había firmado el certificado oficial de Fudge como miembro honorario del club de popó de panda.

—Cuando tenga suficiente dinero, voy a comprarme mi propio panda —le dijo Fudge.

—¿Y dónde lo vas a guardar? —le preguntó Jane.

—En mi departamento. Voy a tener un departamento enorme con un cuarto para pandas. Y cuando el día esté bonito, voy a sacar a mi panda a pasear a Central Park. Mamá le va a hacer de comer y voy a tener otro cuarto lleno de bambú. Y voy a llevar su popó a la escuela para compartirlo con los otros niños para que puedan olerlo, sobre todo Richie Potter.

Entonces Fudge empezó a contarles a mis papás todo lo que había aprendido sobre los pandas:

—Aunque se ven suaves y dan ganas de abrazarlos, no dejan de ser animales salvajes. Tienen garras y dientes afilados. ¿Saben por qué tienen una cabeza tan grande? Porque los pandas nacieron para masticar. Sus mandíbulas tienen fuerza suficiente para triturar el bambú. Y usan sus manos, igual que los mapaches.

—Parece que aprendiste muchas cosas esta mañana —dijo papá.

—Sí. Jane dijo que yo sabía poner atención. Y adivinen qué. Nos permitieron darles de comer zanahorias a los pandas. A todos, excepto a Mini. Él se comió la zanahoria en vez de dársela a los pandas.

El primo Howie se ofreció a llevarnos a la estación del tren en su camioneta. En el camino pasamos frente a la Casa Blanca. Pensé que si mamá o papá fueran presidentes, ésa sería nuestra casa. Invitaría a Jimmy a visitarnos. Jugaríamos boliche, nadaríamos y jugaríamos *hockey* de clacetín en amplios corredores de mármol. Luego, veríamos películas en la sala presidencial de proyecciones y un chef nos prepararía palomitas de maíz. Sólo aceptaría ser entrevistado por Nickelodeon o MTV, pero no más de dos veces a la semana. Tendría una opinión sobre todos los asuntos de interés: en especial, libros, video-juegos, música, Internet, cine. Todo el país diría: "¡Cada vez que Peter Hatcher opina, todos los jóvenes lo escuchan!"

Estaba disfrutando de mis fantasías cuando Fudge me despertó a la realidad:

—¿Qué habrá dicho el presidente? —me preguntó muy discreto al oído.

—¿Sobre qué?

—Sobre la mancha de plátano en el traje rojo de la señora del tren.

—Lo más probable es que ni se haya dado cuenta. Y si se fijó, lo más seguro es que, por educación, no le haya dicho nada.

—¿Sabes qué? —dijo Fudge mirando por la ventana de la camioneta—. Algún día todo esto va a ser mío.

—¿Qué va a ser tuyo?

—Este lugar —dijo cuando pasamos frente al Mausoleo de Lincoln y el Monumento a Washington—. La capital se llamará entonces Fudgengton.

—Pues más vale que no contengas la respiración hasta que eso suceda.

—Yo nunca contengo la respiración, Pete. A menos que esté bajo el agua.

***

Cuando llegamos a la estación del tren papá le preguntó al primo Howie cuál era su siguiente destino.

—Vamos a Nueva Inglaterra, Barri —respondió mientras se estacionaba en un área de descenso de pasajeros.

Me fijé que papá había acabado por permitir que lo llamaran con ese sobrenombre ridículo.

—Y dentro de unas semanas —continuó el primo Howie mientras sacaba nuestras maletas de la cajuela— le enseñaremos a nuestra pequeña tribu los lugares y sonidos de tu ciudad.

Se me cayó la maleta de las manos: "¿De nuestra ciudad?"

—El único problema —dijo Howie— es que todavía no hemos podido encontrar dónde quedarnos.

—Quizá pueda ayudarlos —prometió papá.

—Pues muchas gracias, Barri. Nos encantaría pasar unos días con ustedes en Nueva York.

—A lo que me refiero —rectificó papá de inmediato—, es que quizá pueda ayudarlos a encontrar rápidamente un hotel.

—¿Un hotel? —preguntó el primo Howie—. ¿Pero por qué querríamos ir a un hotel si podemos quedarnos con ustedes?

—Nuestro departamento es muy pequeño —respondió mamá—. Los muchachos comparten un cuarto, y la cuna de Tootsie está dentro de un armario que tuvimos que remodelar.

—No hay problema —insisitó el primo Howie—. Aquí en la camioneta traemos todo nuestro equipo para acampar. Jamás salimos sin él. Los Hatcher de Honolulu están listos para enfrentar cualquier eventualidad que se les presente en el camino.

—Sí, pero, verás... —empezó a decir mamá.

Eudora posó su mano sobre la de mamá:

—Somos familia, Anne. Ya verás qué poco espacio ocupamos. Estamos acostumbrados a volvernos prácticamente invisibles, ¿verdad?

Mini Farley lanzó un gruñido.

Eudora explicó:

—Sólo está mostrándoles lo bien que se adapta a la vida silvestre.

"A la vida de la Calle 68 no la llamaría precisamente silvestre", pensé.

—Nos levantamos al alba —dijo el primo Howie— y nos dormimos apenas sale la luna. Ni siquiera van a notar nuestra presencia.

Mamá tenía una débil sonrisa dibujada en el rostro. Miró a papá.

"¡Sólo diles que no!", supliqué en silencio.

—Pues bien, Howie... —comenzó diciendo papá— serán más que bienvenidos en nuestra casa. Sólo avísennos la fecha.

—Pero avisen con tiempo —dije, "para poder quedarme en casa de Jimmy", concluí para mis adentros.

—A lo que Peter se refiere es que nos avisen para que tenga tiempo de limpiar su cuarto. ¿Verdad, Peter?

Por la forma en que mi papá me miró supe qué era lo que debía decir a continuación:

—A eso precisamente me refería.

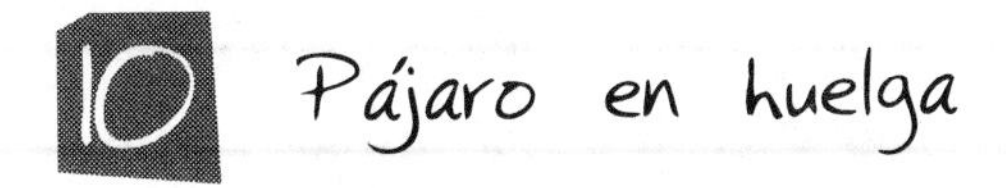

10 Pájaro en huelga

Cuando volvimos a casa, abuelita nos contó que, desde el momento en que habíamos salido de viaje, el Tío Plumas no había pronunciado ni una sola palabra.

—Estoy preocupada. A lo mejor se enfermó de la garganta —dijo abuelita.

—El Tío Plumas no tiene nada. Hoy va a hablar —dijo Fudge.

—¿Cómo lo sabes? —pregunté.

—Conozco al Tío Plumas, Pete.

Fudge se paró sobre una silla para subir al mueble y abrir la alacena. Sacó triunfal un paquete de galletas de dieta.

—No te vayas a espantar el hambre —dijo abuelita—, porque preparé una cena deliciosa.

Ni siquiera tenía que preguntar, porque el horno despedía aromas deliciosos que me hacían agua la boca.

—¿Couscous y pollo marroquí?

Abuelita asintió:

—Y Buzzy va a subir a cenar con nosotros.

—Qué bien —dije.

Abuelita y Buzzy se habían conocido el verano, en Maine. Y, como dice mi mamá, *una cosa llevó a la otra*. Se casaron a fines de agosto. Buzzy me cae muy bien. Su único problema —y es un problema gigantesco— es que es abuelo de Sheila Tubman. La idea de estar emparentado de alguna forma con ella me parece repugnante.

—Sheila también va a venir —añadió mi abuelita.

Lancé un quejido.

—Vamos, Peter... —comenzó a decir abuelita.

No esperé a que terminara de hablar.

—Ay, abuelita... ya sabías lo mal que me cae Sheila desde antes que te casaras con Buzzy.

—Eso no significa que no puedan ser corteses el uno con el otro.

—¿Qué quiere decir eso? —preguntó Fudge mientras se encaramaba en el regazo de abuelita con todo y su galleta de dieta.

Abuelita le acarició el cabello:

—Significa que deben tolerarse aunque no se tengan afecto —le dijo a Fudge para que entendiera yo.

—Está bien. Seré *cortés* —prometí.

—Ser *cortés* también podría significar ser amable y respetuoso —añadió.

—Yo sí soy amable y respetuoso, ¿verdad? —dijo Fudge, masticando ese cartón en forma de galleta.

—Desde luego que sí —le dije—. Eres la persona más amable y respetuosa que he conocido en mi vida.

Fudge se rió, y escupió sin querer la mitad de la galleta que masticaba. Tortuga la lamió en el piso como si se tratara de un manjar suculento.

Abuelita le sugirió a Fudge que tratara de mantener la boca cerrada mientras comía, pero él le respondió:

—No importa: a Tortuga le encanta la comida masticada. Mira... —dijo y escupió otro poco.

—Ya basta, Fudge —dijo abuelita—. Termínate tu galleta y luego me platicas de tu viaje a Washington.

—¿Quieres decir *Fudgengton?*

Era el momento perfecto para retirarme a mi cuarto. Tortuga me siguió por el pasillo. Me detuve a echarle un vistazo al Tío Plumas.

—¿Cómo estás? —le pregunté, parado justo frente a su jaula. Me miró sin decir nada. Entonces le dije:

—*Bonjour*, imbécil.

Ésa es una de sus expresiones favoritas. Una vez que uno lo hace decir eso no hay manera de callarlo. Pero esta vez, en lugar de repetir esa frase incansablemente, se rascó la cabeza con una pata.

—¿Qué te pasa? —pregunté—. ¿Nos extrañaste? ¿Es eso? ¿Te sentiste solo?

El Tío Plumas alzó un cascabel con su pata y lo empezó a agitar. Le encantan los juguetes de cuna de Tootsie, pero ni así habló. De modo que hice el intento con algunas de sus palabras favoritas, las palabrotas, las que mamá llama *completamente inapropiadas*. Tortuga también parecía estar esperando que hablara. Pero el Tío Plumas bostezó, como si estuviera aburrido o cansado. De una u otra forma, no tenía nada qué decir.

"Mmm... a lo mejor sí está enfermo de la garganta. Quizás tiene laringitis", pensé.

Media hora después, cuando Sheila llegó con Buzzy, le dijo a Fudge:

—¿Ya te dijo Muriel lo de tu pájaro?

—¿Qué le pasa a mi pájaro?

—No ha dicho una palabra desde que te fuiste. Vine ayer y también esta mañana, pero sigue igual.

—Hoy en la noche va a hablar —aseguró Fudge.

—Me gustaría saber cómo es que puedes estar tan seguro —dije.

—Yo conozco al Tío Plumas, Pete —dijo por segunda vez.

—Espero que estés en lo correcto —dijo Sheila y luego preguntó—: ¿Cómo les fue en Washington?

—¿En Fudgengton?

Sheila meneó la cabeza con enojo:

—Muriel, *tienes* que hacer algo con el menor de tus nietos. Piensa que el mundo gira a su alrededor.

—El mundo gira alrededor del Sol —respondió Fudge—. Lo aprendí en el planetario. ¿No lo sabías?

Sheila meneó la cabeza de nuevo.

***

Esa noche, mientras estaba leyendo en mi cama, escuché que Fudge le hablaba al Tío Plumas.

—Buenas noches... hasta mañana, Juan Pestañas...

Y el Tío Plumas le respondía:

—Buenas noches, hasta mañana... ana... ana... ana...

Entré al cuarto de Fudge para ver al Tío Plumas con mis propios ojos, pero Fudge ya había tapado su jaula.

—Calla, Pete —dijo Fudge—. Ya se durmió.

Fudge estaba acurrucado con su bolsa de tiritas de dinero.

Al día siguiente pasó lo mismo. El Tío Plumas se negó a hablar con nosotros. Pero Fudge dijo:

—No se preocupen. Va a hablar en la noche.

Tal como Fudge lo había prometido, esa noche el estornino habló con él:

—Todos están preocupados por ti, Tío Plumas. Pero estás bien, ¿verdad? Eres un pajarito bonito...

—Pajarito bonito... bonito... ito... ito...

Fudge se rió.

Al día siguiente, cuando el Tío Plumas todavía *no* quería hablar con nadie más, le pregunté a Fudge:

—¿Por qué sólo habla contigo?

—Porque soy su favorito.

—Bueno. Digamos que es cierto. Eso no justifica que sólo hable contigo en la noche.

¿Quién puede explicarlo?
¿Quién puede decir por qué?

Fudge cantó esa estrofa de una canción que Buzzy le canta a abuelita.

—Inténtalo —le dije.

—¿Intentar qué, Pete?

—Intenta explicarnos por qué el Tío Plumas sólo te habla a ti.

—No puedo, Pete.

—¿Desde cuándo habla sólo en la noche?

—Desde... déjame ver...

Sabía que Fudge estaba evitando mi pregunta.

—Te estoy esperando —le dije.

—¡Ya lo sé, Pete!

—¿Entonces...?

—Habla sólo de noche desde que Richie Potter vino a jugar a la casa.

—¿Qué tiene que ver Richie Potter con esto?

Fudge se encogió de hombros.

—Ésa es una historia muy extraña, Fudge.

—Esas cosas suceden, Pete.

Meneé la cabeza. No le creí nada. Nada. Conocía a Fudge demasiado bien. Ocultaba algo. Así que esa noche me aposté afuera de la puerta de su cuarto. Como le tiene miedo a los monstruos, nunca la cierra por completo. Tiene lucecitas nocturnas en todos los enchufes de su habitación. Y antes de meterse a la cama, fumiga todo el cuarto con un rocío anti-monstruos, que no es más que agua de colonia en una botella con etiqueta elegante. Pero como él cree que funciona y sólo así duerme en paz, les prometí a mis papás no desencantarlo.

Esta vez, cuando Fudge comenzó a cantar: "Buenas noches... hasta mañana...", entré sigilosamente a su cuarto. Estaba en su cama, hojeando uno de sus catálogos. "Buenas noches... hasta mañana, Juan Pestañas...", seguía cantando.

—Buenas noches... hasta mañana... —oí clarito la respuesta, sólo que no provenía del Tío Plumas ¡sino de mi propio hermano!

—¡Ajá! —le dije, saltando a su cama—. ¡Te pillé!

Fudge lanzó un grito. Supongo que lo asusté de verdad. Luego empezó a llorar desconsoladamente.

Papá vino corriendo al cuarto de Fudge, seguido por mamá. Ella tomó a Fudge entre sus brazos y él la abrazó.

—¿Qué te pasa, Fudgie? Dile a mami. ¿Dónde te duele?

—¿Quieren saber qué le pasa? Pues yo se los voy a decir —dije.

—¡No, Pete! —gritó Fudge entre lágrimas—. ¡No!

Mamá y papá se veían sorprendidos.

—¿De qué se trata todo esto? —preguntó papá.

—Voy a decirles lo que está pasando aquí —dije, al tiempo que destapé la jaula—. El Tío Plumas perdió la voz y Fudge ha estado imitándolo. Lo atrapé con las manos en la masa.

—¿Qué? —preguntó mamá.

—Tu hijo menor es un gran imitador. Nos tenía engañados a todos.

—¿Desde cuándo ocurre esto? —preguntó papá. Una parte de mí esperaba que el Tío Plumas respondiera: "Hace semanas que ocurre esto. Ya era tiempo de que alguien se diera cuenta".

—Peter... —empezó a decir papá.

—No me pregunten a mí. Pregúntenle al *niño-pájaro.*

—Fudge —dijo papá.

Fudge hundió su cara en el cuello de mamá, mojándoselo de baba.

—¿Hace cuánto que el Tío Plumas no habla?

—Desde... desde... desde... —intentaba Fudge responder entre sollozos—. Desde la primera vez que Richie Potter vino a jugar a la casa.

Fudge tenía la cara cubierta de saliva y mocos.

—Pero eso fue hace semanas —dijo mamá.

—Le di... le di... le di mi mejor canica... la canica verde y...

—¿Le diste a Richie Potter tu mejor canica? ¡Qué generoso...! —dijo mamá.

—¡No! —gritó Fudge—. Se la di al Tío Plumas. La puse en su jaula y se la tragó y ahora no puede hablar.

Al decir esto Fudge empezó a llorar de nuevo.

—¿Le diste al Tío Plumas la canica para que se la comiera? —pregunté.

—¡Cómo crees, Pete! Se la di para que jugara con ella. No sabía que se la iba a tragar ni que después ya no iba a poder hablar.

—Espera un minuto —dije—. ¿Cómo podría tragarse una canica? Es demasiado pequeño para tragarse algo tan grande.

Todos volteamos a verlo, y parecía vernos con la misma atención desde la jaula.

—Se la di antes de irme a la escuela, pero cuando Richie Potter vino por primera vez a la casa, la canica ya no estaba en la jaula. Desde entonces, no ha vuelto a hablar.

—¿Fue el día que Richie Potter quería comer brócoli? —preguntó mamá.

—¿El brócoli tiene algo que ver con la canica de Fudge? —preguntó papá.

—No lo creo, ¿verdad Fudge? —dijo mamá.

—¡No! —Fudge comenzó a llorar de nuevo.

El Tío Plumas seguía observándonos desde su jaula. Podría jurar que estaba feliz de la vida por acaparar tanta atención.

***

Al día siguiente, mamá llamó por teléfono al veterinario. Fudge bailoteaba a su alrededor.

—No olvides decirle lo de mi canica —insistía terco. Por fin, accedió:

—A mi hijo le gustaría saber si nuestro pájaro pudo haberse tragado una canica por accidente.

La respuesta del veterinario debió haber sido *no* porque mamá meneó la cabeza y luego dijo:

—Eso mismo pensamos.

Luego, el veterinario debió haberle hecho algunas preguntas porque mamá respondió:

—Está comiendo bien y está tomando la misma cantidad de agua que siempre.

Después dijo:

—Le encanta bañarse... como siempre, sólo que no habla. Se niega a decir una sola palabra.

Luego mamá dijo "ajá" varias veces y "entiendo" dos o tres veces más. Tomó luego un pedazo de papel y anotó algo:

—Sí... bueno... muchas gracias —dijo y colgó.

Antes de que mamá tuviera oportunidad de abrir la boca, Fudge preguntó:

—¿Y el veterinario cómo sabe que el Tío Plumas no se tragó la canica? Porque, si no se la tragó, ¿dónde está?

—Seguramente en el mismo lugar donde está el zapato que perdiste —dije.

—¡Mi zapato está en el metro, Pete!

Como si yo no lo supiera.

***

Todo mundo tenía una teoría sobre por qué no hablaba el Tío Plumas. Sheila se paró frente a su jaula y dijo:

—Necesitan llevarlo con un terapeuta de aves. A lo mejor le pasó algo, o tiene algún trauma. Leí en un libro el caso de una niña que dejó de hablar porque algo terrible le había ocurrido.

—¿Algo como qué?

—No puedo hablar de eso si los niños están presentes —respondió Sheila—: puedo confundirlos más.

—¿Como los del grupo confuso? —preguntó Fudge.

—No —respondió ella.

—De todos modos, nada terrible le ocurrió al Tío Plumas —afirmé.

—¿Cómo puedes estar tan seguro, Pete? —me preguntó Sheila.

—Porque vivo aquí, ¿lo recuerdas?

—A lo mejor ocurrió mientras estuvieron fuera. Tienes que pensar como un detective —dijo Sheila.

—Créeme, Sheila... Sé de lo que estoy hablando.

—¡Una persona verdaderamente confiable no tiene por qué decir "créeme"! ¿Verdad, Tío Plumas? —le preguntó Sheila.

El Tío Plumas estornudó.

Richie Potter vino a jugar a la casa y le ofreció dinero al Tío Plumas a cambio de que hablara:

—Te doy cinco dólares si dices mi nombre —dijo Richie, enseñándole un billete que sostenía en la mano.

—¿Estás intentando sobornar al pájaro de Fudge? —pregunté—. ¿Para qué crees que le servirían cinco dólares a él?

—No sé —reconoció Richie.

—Pues piénsalo.

—Supongo que nunca va de compras —dijo Richie y dobló el billete hasta hacerlo tan pequeño que casi desapareció. Luego se lo metió al bolsillo trasero del pantalón.

—Si quieres sobornarlo, mejor intenta darle su fruta favorita. Le encantan las peras —sugerí, y Richie y Fudge salieron disparados a la cocina.

Melissa dijo:

—Dice mi mamá que su acupunturista puede curarlo todo, de verdad.

—¿Su qué? —preguntó Fudge.

—Acupunturista —respondió Melissa—. Es un tipo de doctor que te alivia clavándote agujas.

—¡No dejaré que nadie le clave agujas al Tío Plumas! —rechazó Fudge.

—Lo que necesita ese pájaro es una mano firme —recomendó Buzzy—. Ésa es la única solución. No dejes que te manipule, Fudge. Enséñale quién es el que manda en esta casa.

Abuelita se rió y dijo:

—Vamos, Buzzy. El Tío Plumas no es ningún adolescente. Es un pájaro.

—Mis papás se divorciaron porque mi papá nunca le hablaba a mi mamá —dijo Jimmy.

Era la primera vez que Jimmy decía algo sobre el motivo del divorcio de sus padres.

—El Tío Plumas es soltero —le recordé.

—A lo mejor ése es el problema. Tal vez quiera una compañera —dijo Jimmy.

Lo miré esperando que dijera algo más. Pero sólo se encogió de hombros y añadió:

—Es posible.

Esa noche estudié *El manual para dueños de estorninos*. Aprendí que si se tienen dos estorninos, no se relacionan con sus dueños de la misma manera que lo hacen cuando están solos, sino que se relacionan más el uno con el otro. Así que la posibilidad de tener otro pájaro quedó eliminada.

Fudge hablaba del problema del Tío Plumas con todo el que estuviera dispuesto a escucharlo. En el ascensor, se lo contó a la señora Chen que vino de China a visitar a su familia. Ella sólo sabe decir cinco palabras en nuestro idioma: *Está bien* y *No hay problema*. Pero parecía entender todo lo que Fudge le decía. Al final, sólo dijo: "No hay problema".

En el vestíbulo, Fudge habló de lo mismo con Olivia Osterman, y ella le respondió:

—Una vez tuve uno de esos pájaros. Podía decir "Te quiero, Livvie. ¡Te quiero tanto!"

—¿Y dónde está? —preguntó Fudge elevando la voz para que pudiera escucharlo.

—¡Ay!, hace muchos años que se murió. Los pájaros no viven tanto como las personas. Y la mayoría de las personas no viven tanto como yo. Pronto voy a cumplir noventa años. ¿Qué te parece?

—Creo que eso significa que usted tiene muchos años más que yo.

—Qué inteligente eres —le dijo—. A veces yo también lo soy. Porque se me acaba de ocurrir una posible causa del problema de tu pájaro. A lo mejor perdió el oído, igual que yo.

—Pero de todas maneras usted puede hablar —dijo Fudge.

—Sí, pero uso unos aparatitos especiales para poder oír. Quizás tu pájaro no te puede responder porque tiene el mismo problema que yo.

—Es la primera cosa sensata que alguien ha dicho sobre este asunto —admití.

Esa noche, después de que Tootsie se fue a dormir, nos reunimos en el cuarto de Fudge para averiguar si la señora Osterman estaba en lo correcto. Mientras mamá, Fudge y yo permanecíamos inmóviles en la cama, papá azotó adrede la puerta. No cabe duda de que el Tío Plumas lo escuchó. Saltó de su percha, aleteó con fuerza y movió la cabeza de un lado al otro. Era evidente que estaba muy molesto.

Hasta ahí llegó la hipótesis de la señora Osterman.

Al día siguiente me metí a Internet y encontré un sitio especializado en estorninos. Envié un mensaje preguntando si alguien sabía el motivo por el que una de esas aves podía dejar de hablar. Me respondieron cinco personas, pero ninguna de ellas pudo darme una respuesta definitiva.

Henry Bevelheimer vino también a ver al Tío Plumas. Se quedó como media hora.

—Ajá —dijo—. Este pájaro está en huelga

—¿En huelga? —preguntó Fudge.

—Sí. Quiere decir que está dando problemas porque quiere algo. Ahora tenemos que averiguar qué es.

—¿Más pera? —preguntó Fudge.

—Más pera significa más popó —dijo mamá.

—No, por favor —dijo Fudge—. No queremos más popó.

—¿Qué otra cosa podría ser? —preguntó Henry—. ¿Qué otra cosa es verdaderamente importante para él?

—¿Tiempo libre para volar? —aventuró Fudge—. Le gusta mucho tener su propio tiempo libre.

—A todos nos gusta —respondió Henry.

—Tiene tiempo libre para volar dos veces por semana —le dije a Henry.

—A lo mejor quiere más —respondió en un intento por adivinar.

—No creo que podamos con más de dos turnos semanales —dijo mamá—. No se imagina todos los problemas que provoca cada vez que sale de su jaula.

Mamá se refería a que este tipo de aves hace popó muy seguido, sobre todo después de comer. De modo que cada vez que el Tío Plumas sale de su jaula, tenemos que tapar todos los muebles, cubrir el piso con periódico, bajar las persianas y tapar los espejos, porque a las aves les atrae la luz.

—Pero, mamá. A lo mejor ése es el problema —insistió Fudge.

—A lo mejor no —dijo, agradeciéndole a Henry que hubiera venido y acompañándolo a la puerta.

—Lo siento, señora Hatcher —dijo Henry mientras salía.

—No hay problema, Henry —dijo mamá—. Lo que pasa es que Fudge, con tal de que el Tío Plumas vuelva a hablar, es capaz de intentar cualquier cosa.

—Debe ser difícil para él.

—Sí, creo que sí —dijo mamá.

Incluso, mamá habló por teléfono con un especialista en aves. Esa noche, después de cenar, mamá y papá hablaron con Fudge en la sala. Mamá le dijo:

—Esto es lo que vamos a hacer, Fudge. Vamos a tratar muy bien al Tío Plumas y a ser muy amables con él. Amables, pero no sobreprotectores.

Papá continuó:

—Vamos a cambiar su jaula de lugar, para ver si mejora.

—Pero no saldrá de mi cuarto —gritó Fudge—. Sin el Tío Plumas no puedo dormir.

—Se quedará en tu cuarto, pero en otro lado. A lo mejor más cerca de la ventana, para que pueda tener otra vista —dijo papá.

—Y luego vamos a esperar —dijo mamá.

—¿Cuánto tiempo? —preguntó Fudge.

—Todo el tiempo que sea necesario. Eso es lo que nos recomendó el especialista en aves —respondió mamá.

—¿Y volverá a hablar? —preguntó Fudge.

—Esperamos que así sea, pero nadie puede garantizarlo —aclaró mamá.

—¿Si tuviéramos trillones de millones de dólares podríamos encontrar a un veterinario que curara al Tío Plumas? —preguntó Fudge.

—Esto no tiene nada que ver con el dinero —respondió papá—. El dinero no puede arreglarlo todo.

—¿Cómo sabes? No tienes trillones de millones de dólares.

—Eso es cierto —dijo mamá—. No los tenemos. Pero ningún dinero en el mundo hará que el Tío Plumas vuelva a hablar. Sólo tenemos que ser pacientes y esperar que todo salga bien.

—Pobre Tío Plumas —exclamó Fudge con lágrimas en los ojos—. Es muy triste todo esto, ¿verdad, Pete?

—El Tío Plumas no se ve triste —respondí, tratando de sonar optimista.

—Es verdad. Está igual de juguetón que siempre —dijo papá.

Fudge meneó la cabeza:

—Lo que pasa es que no quiere que sepamos su problema; está fingiendo.

—Que pájaro tan considerado —dijo mamá.

Fudge asintió:

—Igualito a mí.

11 Piecitos (otra vez)

Jimmy me insistió que no fuéramos a faltar a la presentación de la exposición de su papá. Teníamos que verla: el verano pasado Tootsie había caminado descalza sobre un lienzo aún húmedo de Frank Fargo, dejando allí un sendero de huellitas azules. Pensamos que el señor Fargo se moriría del coraje en cuanto descubriera la travesura de mi hermanita. Pero en vez de eso, me pidió que Tootsie caminara descalza sobre otras dos docenas de lienzos frescos. Esos eran los cuadros que expondría en una galería de SoHo.

—A mí me encantan las presentaciones —dijo Fudge, mientras nos alistábamos para ir al centro de la ciudad.

—Ya lo sé —dijo papá, intentando jalar el cierre de su chaqueta.

—¿Va a haber canciones y marionetas?

—No. Sólo cuadros —dijo papá.

—¿Una presentación sólo con cuadros? —Fudge estaba sorprendido—. ¿Escuchaste eso, Pete? ¡Una presentación sólo con cuadros!

—Sí, ya lo escuché.

Entonces mamá entró a la sala cargando a Tootsie, que llevaba puesto un vestido de terciopelo negro. Se veía como una estrella infantil de cine.

—¿Quién se va a quedar a cuidar a Tootsie? —preguntó Fudge.

—Hoy no necesitamos que nadie se quede con ella —respondió mamá, mientras la sentaba en el sofá.

—¿Vas a dejarla sola en casa? —Fudge sonaba aún más sorprendido.

Mamá lanzó una carcajada:

—No. Vamos a llevarla a la presentación —dijo, mientras intentaba ponerle a Tootsie unos zapatos elegantes, pero ella se remolineaba y pateaba, impidiendo que se los pusiera. Al fin, mamá se dio por vencida y guardó los zapatos en la pañalera.

—¿Van a llevar a Tootsie? —Fudge no podía creerlo.

—Claro que la vamos a llevar —dijo papá—. Y mira nada más a nuestro amorcito. ¡Hoy está preciosa!

—Es demasiado pequeña para ir a una presentación. No va a entender nada —dijo Fudge.

—Sin Tootsie no habría presentación —le recordó papá.

Tootsie estiró los brazos hacia mí:

—Cargaaa, Pit...

Tootsie esperó a que la alzara en brazos y, cuando la cargué, me jaló el pelo.

—¡Oye! —le dije. Eso hizo que Tootsie se riera y tirara más fuerte de mi cabello.

Fudge estaba pegado a mí y jaloneaba mi chaqueta:

—No quiero que Tootsie venga con nosotros. Quiero que sólo vayamos tú y yo, Pete.

—Sé cómo te sientes. Pero ya se te pasará —le dije a Fudge, recordando todas las veces en que *yo* no había querido que él nos acompañara.

***

En SoHo, el exterior de la galería de arte tenía un estandarte que anunciaba la exposición de Frank Fargo. **Piecitos** decía en letras grandes y, abajo, **Frank Fargo**. Adentro había enormes cuadros de colores colgados en las paredes. Cuando el verano pasado habían dispuesto las telas de esos mismos cuadros en el piso, no me di cuenta de lo grande que se verían colgados en la pared. Había que analizarlos con mucho cuidado para percibir los piecitos al fondo. Pero ahí estaban, en cada uno de esos cuadros que tenían títulos como *Piecitos morados* y *Piecitos color fresa*. Había otro que se titulaba *Tormenta de piecitos* y otro más que decía *Piecitos: la tierra.*

Fudge miró a su alrededor:

—¿Dónde está el escenario? ¿Y dónde están los asientos?

Papá le explicó:

—No es una presentación como las de la escuela. Más bien es como ir a un museo para asistir a un evento especial.

—¿Dónde está el evento? —preguntó Fudge.

—*Éste* es el evento —le dijo papá.

—¡No es justo! —gritó.

—Oye, papá —quise escaparme antes de que las cosas empeoraran—. Voy a buscar a Jimmy Fargo.

—Llévame —dijo Fudge llorando—. Por favor, Pete. ¡Llévame!

Dudé un segundo y luego me di por vencido. Tomé a Fudge de la mano, pero la galería estaba llena de gente y no encontraba a Jimmy por ninguna parte.

—Yo también podría caminar sobre los cuadros —me dijo Fudge—. Podría hacerlo mejor que Tootsie. Ella no va a la escuela. Ni siquiera sabe ir al baño sola.

—Pero sabe imitar a los animales —respondí, tratando de mantener las cosas en calma.

—¿A quién le interesan sus tontos *cuac, cuac* y sus estúpidos *miau*?

La gente empezó a arremolinarse en torno al señor Fargo, que llevaba a Tootsie sobre sus hombros.

—Aquí está —anunció el señor Fargo—. La estrella de mi exposición. ¡La única, la inigualable Tootsie Pie!

Tootsie se rió y abrazó la cabeza del señor Fargo. Probablemente sea su máxima admiradora. No me refiero a sus cuadros. ¿Qué puede saber ella de arte? Por algún motivo que ninguno de nosotros entiende, Tootsie lo quiere. Y es, además, la única persona que conozco que logra hacerlo reír. Como ahora, mientras estallaban los flashes de las cámaras.

—¡Ella es mi inspiración! —dijo el señor Fargo a toda la concurrencia, y el público aplaudió.

—¿Tootsie es famosa? —preguntó Fudge.

—Sí. Sólo por hoy. Y lo más probable es que se le olvide —respondí.

—Yo también fui famoso una vez, ¿verdad, Pete?

—Sí. Fuiste famoso, no más de una semana, cuando te montaste en la Chiqui-Bici del comercial de papá.

—Me acuerdo —Fudge alzó la mirada para verme—. ¿Y tú, Pete? ¿Fuiste famoso alguna vez?

—Todavía no.

—No te sientas mal. Para mí tú eres famoso —dijo Fudge con una gran sonrisa y me apretó la mano.

—Gracias, Fudge.

Cuando papá se acercó a nosotros, dijo:

—Me gustaría tener un cuadro de Frank Fargo, sobre todo uno de los que tienen los piecitos de Tootsie.

Fudge se separó de nosotros y alzó la mano para tocar *Piecitos color fresa*.

—¿Qué te parece éste?

Papá se acercó a Fudge por detrás para detenerlo y hacerlo retroceder unos pasos:

—Las pinturas no se tocan —le explicó.

—¿Por qué no?

—Porque podrías dañarlas si no tienes las manos limpias.

—Están limpias. Mira —dijo, alzando las manos para que papá las viera.

—Aún así, no se permite tocar los cuadros que están en exhibición.

—¿Por qué no? —neceó Fudge.

—Ésa es la regla —dijo papá.

—Es una regla estúpida —respondió Fudge.

—No está bien decir esa palabra —le recordó.

—Claro que sí —dijo Fudge—. Sólo que no la usamos para hablar de las personas. Si queremos decirle eso mismo a alguien, es mejor llamarlo cabeza de chorlito. Pregúntale a Pete. Él sabe de lo que estoy hablando.

Ahora Fudge señaló un cuadro que se llamaba *Piecitos: La tormenta*.

—¿Y éste? Se vería bonito en mi cuarto.

—No podemos comprar uno de estos cuadros. Mira los precios —dijo papá señalando la cifra que había debajo del título de cada cuadro.

—¿Ése es el precio? —pregunté—. No tenía signo de dólar. Sólo un número seguido de tres ceros, lo que hacía que cada cuadro costara seis o siete u ocho mil dólares.

—Entre más ceros tienen más caro cuestan, ¿verdad Pete? —dijo Fudge.

—¡Sin duda!

—Así que eso es bueno, ¿verdad?

—Depende de si tú eres el que compra o el que vende los cuadros.

—Nosotros, ¿qué somos?

—Ni una cosa ni la otra —respondió papá—. Nosotros somos amigos del artista.

—No nos pueden dar unos ceros a los amigos —canturreó Fudge.

Luego, papá me pidió que cuidara a Fudge mientras iba a saludar a un conocido.

—No puedo creerlo —dije, más para mis adentros que para Fudge.

—¿Qué no puedes creer, Pete?

—Que alguien vaya a pagar siete mil dólares por este cuadro.

—Así que, Pete... —empezó a decir Fudge con su típica expresión de avaricia. Sabía lo que iba a decir aún antes de que lo dijera, pero de todos modos dejé que concluyera—: podríamos poner a Tootsie a hacer lo mismo en casa y luego...

Lo interrumpí:

—Sí, cómo no. Sólo que nadie pagaría miles de dólares por un cuadro nuestro.

—¿Por qué no?

—Porque no somos artistas como el señor Fargo.

—Pero, Pete. No entiendo nada.

—¿Qué puedo decirte, Fudge? Así son las cosas.

Meció mi brazo de arriba a abajo:

—Pensamos igual, ¿verdad?

Antes de que pudiera responderle, antes de que pudiera decir "No, no pensamos igual y nunca lo haremos..." alguien me sorprendió por detrás y me pinchó las costillas. Giré en un solo brinco.

—¡Caíste! —exclamó Jimmy a carcajadas.

—¿Dónde estabas? Te he estado buscando por todas partes —le dije.

—Sí... hay mucha gente. Es buena señal. Así que, ¿qué piensas?

Jimmy retrocedió unos cuantos pasos y analizó los cuadros desde cierta distancia. Entrecerró los ojos como si los viera a través de unos binoculares. Lo imité y, entonces, todos esos colores parecieron ponerse en movimiento.

—Qué bien, ¿no? —dijo Jimmy.

—Sí. Fantástico.

—Espero que no estés pensando que puedes hacer lo mismo.

—No. ¿Por qué habría de pensar algo así?

—No sé. Es que tienes cierta expresión en la cara.

—¿Qué expresión?

—No importa.

Una mujer vestida de negro que llevaba unos aretes largos en forma de rascacielos puso un círculo rojo en la tarjeta que decía *Piecitos: La tormenta*. Me pareció familiar: era alta y flacucha, tenía abundante cabello ondulado y un cuello muy largo.

—¡Bien! —dijo Jimmy, haciendo una señal de victoria con el puño—. Ya se vendió otro.

—¿Otro qué?

—Otro cuadro. Cada vez que ponen un punto rojo, significa que el cuadro ya se vendió.

—¡Súper! —festejé—. Siete mil dólares. ¿Qué se siente que tu papá sea rico y famoso?

—¿Rico? —preguntó Fudge.

Jimmy ignoró a Fudge y me lanzó una mirada:

—Antes que nada, la galería se queda con la mitad de todo. En segundo lugar, ¿de cuándo acá te *interesa* tanto el dinero?

—¿Que a mí me *interesa* el dinero? ¿Estás bromeando? Si quieres conocer a alguien a quien de verdad le gusta el dinero, te presento a mi hermano.

Fudge empezó a cantar:

¡Ay! Dinero, dinero, dinero...
Dinero, dinero, cuánto te quiero.

Luego se fue saltando. Un minuto después, alguien me dio un golpecito en el hombro:

—Vaya, vaya, vaya —dijo una mujer a mis espaldas—. Pero si es mi viejo amigo, Peter Hatcher.

Era la mujer de los aretes en forma de rascacielos. Llevaba al hombro un bolso y, en el interior de éste, un perrito. En cuanto escuché su voz supe quién era: Cuello de Jirafa. La había conocido el año pasado, cuando vivíamos en Princeton. Era dueña de una galería que estaba junto a un cine. En la ventana de su galería tenía entonces un cuadro de Frank Fargo que se llamaba *La ira de Anita*. Así que entré alguna vez y le dije que conocía en persona al autor de ese cuadro. ¿Pero qué hacía ahí? ¿Y por qué llevaba un perro Yorkie en su bolso? Traté de acariciar al perro, pero me ladró.

—Tranquilo, Vinny —dijo Jimmy, rascando al perrito justo atrás de las orejas—. Peter es amigo.

—¿Conoces a su perro? —pregunté.

—Claro que conozco a Vinny. Camina en reversa aun cuando ladra —respondió.

—¿En reversa?

—De para atrás —explicó Cuello de Jirafa.

—Sí, eso: de para atrás —dijo Jimmy.

—Pero adora a Jimmy —dijo ella, revolviéndole el cabello—. Vinny nunca le ladra.

En cuanto lo dijo, se alejó para seguir haciendo sus negocios con los cuadros.

Jimmy la observó durante un minuto, pero al darse cuenta que lo estaba viendo me dijo:

—¿Qué? —reclamó como si le hubiera dicho algo que nunca le dije.

—No dije nada.

—Pero ibas a hacerlo.

—Bueno, sí... ahora que lo mencionas, ¿no habías dicho que pensabas conseguir un Yorkie?

Jimmy asintió.

—Eso pensé.

Unos minutos después vi a Cuello de Jirafa del otro lado de la galería con el señor Fargo. Parecía estarle dando besitos en su largo cuello. Jimmy me descubrió observándolos.

—O no entiendo bien o tu papá y Cuello de Jirafa... —empecé a decir.

—Son novios. Están pensando en casarse —admitió Jimmy.

—¿Casarse?

—¿Podrías no decirlo en ese tono? Por favor.

—¿Qué tono?

—Como si se tratara de un desastre, o algo por el estilo.

—No fue mi intención. Sólo me sorprende, es todo. Es decir, se supone que soy tu mejor amigo. ¿Por qué no me contaste antes que tu papá y Cuello de Jirafa se van a casar?

—No era oficial —respondió Jimmy—. Y se llama Beverly: Beverly Muldour. Y, por si te interesa, es bastante divertida.

—Si tú lo dices.

—Lo único malo es que, ahora sí, mis papás ya no podrán volver a estar juntos.

—¿Creíste que aún podrían hacerlo?

Jimmy no respondió.

—Anda, Jimmy: tus papás no se soportan. Por eso se divorciaron.

—No quiero escuchar eso —dijo Jimmy—. Sobre todo, no quiero que tú lo digas. Dijiste que se supone que eres mi mejor amigo.

—Está bien. Lo siento.

—El hecho de que estén divorciados no significa que desee que mi mamá o mi papá se casen con otra persona.

—Pero dijiste que Cuello de Jirafa es divertida.

—Sí, pero ¿qué sabe ella de ser mamá?

—Míralo de esta manera —le dije—. Tu papá tampoco sabe cómo ser papá.

—Ni quién lo dude.

—Así que no puede ser peor. Tu papá al menos se ve contento.

—Al menos esta noche.

—Bueno, a lo mejor ahora va a estar contento más veces.

Jimmy se encogió de hombros.

—Beverly dice que no va a intentar comportarse como si fuera mi madre, porque ya tengo una. Dice que mejor vamos a ser amigos. ¿Pero qué significa eso?

—No sé. Sólo debes esperar para averiguarlo.

***

Cuando llegamos a casa eran más de las nueve de la noche. Tootsie se había quedado dormida en brazos de papá. Henry salió a recibirnos a la puerta del edificio.

—Señora Hatcher, tiene visitas.

—¿Visitas? —preguntó mamá—. ¿A esta hora? Warren, ¿esperas a alguien?

—No imagino quién pueda ser —respondió papá.

—¡Ya sé! —dijo Fudge—. ¡Son abuelita y Buzzy!

—No. No se trata de tu abuelita —dijo Henry, entregándole una nota a mamá.

—Entonces apuesto a que es William, mi maestro —dijo Fudge.

—¿Por qué habría de venir tu maestro a visitarnos en la noche? —le pregunté.

—Porque le caigo bien —respondió Fudge.

—No todo se trata de ti —le dije, mientras mamá abría la nota.

La leyó en voz alta:

—*Queridos Barri...*

"¡No, por favor!", pensé.

—¡Qué bien! ¡Son los Howies! —canturreó Fudge.

—Deja que mamá termine de leer.

Mamá empezó de nuevo:

Queridos Barri y Anne:
Por fin logramos llegar a la Gran Manzana.
Estamos en la camioneta, estacionados justo a la vuelta.
Tenemos muchas ganas de verlos otra vez.

Sus primos que los quieren,
Howie, Eudora, Fauna, Flora y Farley

—Vaya sorpresa —dijo mamá.

"¿Sorpresa?", pensé. "Esa sí que es una forma original de llamar a una desgracia".

Papá puso a Tootsie en brazos de mamá:

—Tú sube a la niña y yo voy a buscar al primo Howie.

—Yo también voy —dijo Fudge.

—Ya es muy tarde —le dijo mamá—. Y mañana hay que ir a la escuela.

—Pero no estoy cansado —dijo Fudge—. Mira: ¿ves cómo puedo pelar los ojos?

—Está bien. Pero no tardes. ¿Y tú, Peter? —me preguntó mamá al ver que la seguía al ascensor.

—Yo estoy muy cansado. Creo que debo irme derechito a la cama —dije a manera de pretexto.

Mamá trató de tomarme la temperatura poniendo la mano sobre mi frente, pero con Tootsie en brazos le fue difícil:

—¿Te sientes enfermo?

—Sí, creo que sí. Pero no te preocupes: no hay medicina capaz de curarme.

12 El campamento Howie-Wowie

Una hora más tarde, los Howies estaban profundamente dormidos en el piso de nuestra sala: "Nos levantamos al alba y nos dormimos apenas sale la luna. Ni siquiera van a notar nuestra presencia", había dicho el primo Howie.

"Yo sí la voy a notar", pensé.

Y así, sin más, se habían metido en sus sacos de dormir y cerraron enseguida los ojos. El primo Howie roncaba suavemente. Acostados en línea, junto a él, estaban Eudora, Mini Farley y las Bellezas Naturales. Parecían una fila de perros calientes servidos en su pan caliente. Sólo les faltaban la mostaza y los pepinillos.

Tortuga no entendía nada. No dejaba de olfatearlos. Incluso, lamió la cara de Eudora, pues no pudo encontrar sus pies. Pero ni así se despertaron. Mamá me había ordenado que llevara a Tortuga de inmediato a mi cuarto, pero no lograba separarlo de los Howies.

—Pssst... —le susurré, gateando por toda la sala y sosteniendo al mismo tiempo una rebanada de queso—. Ven aquí, muchacho.

Pero Tortuga ni siquiera me miraba.

Mamá me hizo una seña para que fuera a la cocina. Estaba poniendo la mesa, acomodando manteles, platos y cubiertos.

—Peter, ¿podrías sacar nueve vasos para el jugo, por favor?

—¿Vamos a comer a medianoche, o qué?

—Es para el desayuno de mañana —respondió.

Fui a la alacena:

—Lo siento, mamá, pero no tenemos nueve vasos para jugo. ¿Qué tal cuatro?

—Le voy a pedir a tu papá que compre vasos desechables.

—Por cierto, ¿dónde está él?

—Fue a la tienda. Tenemos cinco personas más que alimentar por la mañana.

Cuando sonó el teléfono, mamá descolgó de inmediato.

—Voy a contestar en el cuarto para no despertar a nuestras visitas.

En cuanto salió de la cocina, Fudge escapó de su cuarto enfundado en su pijama, y empezó a saltar encima de los Howies, lo cual hizo que Tortuga empezara a ladrar. Aun así, ni siquiera se movieron.

—A lo mejor están muertos —susurró Fudge.

—No están muertos.

—¿Cómo lo sabes?

—Porque respiran. Cállate para que los oigas.

Fudge escuchó y luego dijo:

—¿Es mejor respirar, verdad Pete?

—Definitivamente, es mejor.

—¿Te acuerdas cuando quería ser un creador de aves cuando creciera?

—No es *creador*, sino criador de aves —le recordé.

—Ah, cierto. Criador de aves —Fudge observó a los Howies durante un minuto, y luego alzó la mirada—. Qué divertido, ¿verdad Pete?

—No, no tiene nada de divertido —respondí.

Fudge me siguió hasta la cocina:

—¿Por qué no?

—¿Por qué no? —repetí—. Voy a darte cinco razones por las cuales no es divertido.

—Pero, Pete, abuelita siempre dice que *entre más, mejor*.

—Abuelita se sabe muchos refranes, pero no tienes que creerlos todos.

—Pero los creo.

Fudge arrastró una silla hasta el mueble de la cocina. Como suele hacerlo, se subió, abrió la alacena donde guardamos las botanas, y sacó un paquete de galletas de dieta.

—Es como una fiesta, ¿no?

Se me ocurrían muchas otras palabras mejores que *fiesta* para describir la situación, pero no podía decir ninguna de ellas frente a Fudge.

Cuando mamá volvió a la cocina y encontró a Fudge retacándose la boca de galletas, lo cargó en brazos y se lo llevó hasta su cuarto. Ahí, Fudge empezó a cantar:

Que atrape la luna quien pueda:
Porque todo en esta vida cuesta.
Y esconda las estrellas en el colchón
porque vale mucho dinero su fulgor.
Mucho dinero, dinero, dinero
Brilla más un dólar que la luna
Más el oro que las estrellas y el sol...

Al instante Tortuga empezó a aullar. Le fascina cantar con Fudge. Sólo entonces me alegré de que el Tío Plumas estuviera en huelga. Un trío de parlanchines habría sido más de lo que mis nervios podían soportar esa noche.

Si en ese momento me hubiera ido a la cama, probablemente habría estado bien: enojado, pero bien. Es decir, supongamos que esa noche pasaran a *Los Simpson* en la tele y yo hubiera querido ver su programa. El problema es que el único televisor de la casa está en la sala. ¡No hubiera podido! Entonces empecé a pensar: "Espera un minuto... supongamos que mi profesor de Ciencias nos pidiera mañana que viéramos un programa en *Discovery Channel* para discutirlo en clase. Ya una vez lo hizo. Pero esta vez no podría responder las preguntas. La maestra me diría: 'Debiste haberme dicho que no tenías televisión, Peter'. En ese instante, Sheila Tubman alzaría la mano para decir: 'Yo sé que la familia Hatcher sí tiene televisión, Señorita DeFeo. Está en la sala de su casa'. Entonces tendría que explicarle a la maestra que no había podido ver el programa porque nuestra sala estaba convertida en un campamento. '¿Qué tipo de campamento?', me preguntaría ella. Y yo tendría que pensar rapidísimo algún nombre: el campamento 'Howie-Wowie', diría y entonces todos se reirían de mí".

Entre más lo pensaba, más me enojaba. Mi corazón empezó a latir veloz, tenía la boca seca y empezaron a sudarme las palmas de las manos. Aun así, no podía apartarme de los Howies, que dormían plácidamente. Era como una de esas pesadillas en donde uno quiere echarse a correr, pero no puede. Como si tuviera los pies pegados al piso. Podía sentir cómo hervía de furia por dentro. En cualquier instante estallaría y entonces la furia saldría disparada a borbotones, como la lava de un volcán. "Sólo vete a dormir", me decía a mí mismo una y otra vez. Pero mis pies se negaban a obedecerle a mi cerebro.

Por fin, logré alejarme de la sala. Avancé por el pasillo hacia el baño. Cerré la puerta tras de mí, y me recargué contra ella. Pero cuando vi los cinco cepillos de dientes perfectamente formados, las cinco toallas colgadas en el toallero, y los cinco cepillos para el cabello —por no mencionar el gigantesco frasco de multivitaminas en oferta especial— sencillamente perdí el control. Me refiero a que *¡lo perdí por completo!* Tomé las toallas y, una a una, las fui tirando. Luego las pisotee como si aplastara una cucaracha descomunal. *Aaaggghhh...* Ese grito sordo salía de mis entrañas mientras tiraba también los cepillos al lavamanos. Los apachurré como si fueran serpientes venenosas. *Aaaggghhh...* Me había vuelto loco. No, todavía peor: ¡me había convertido en aquel Fudge de la zapatería! De repente me vi en el espejo. Tenía la cara roja y los ojos desorbitados. Parecía uno de esos maniáticos de las películas de terror. Aun así, pude escuchar dentro de mí la vocecita del primo Howie: *¿Qué hacemos cuando perdemos el control?*

Y también escuché a las Bellezas Naturales respondiendo: *Nos detenemos y contamos hasta diez.*

¿Y si eso no funciona?

Volvemos a contar hasta diez.

Así que me sometí a esa terapia aritmética como último remedio. Al llegar a diez respiré profundamente y empecé a contar de nuevo. En el espejo vi que mi cara recobraba su expresión normal. No podía creer que había sido capaz de poner en práctica el método del primo Howie. Tampoco podía creer que hubiera funcionado. Pero funcionó. Sacudí las cinco toallas y volví a colgarlas. Seguro nadie se daría cuenta de que las había pisoteado porque eran de color gris oscuro. "Hay otras formas de enfrentar la situación", me dije mientras acomodaba sus cepillos.

Recorrí el pasillo hasta el cuarto de mamá y papá. Abrí la puerta sin tocar antes.

—¿Cómo sabemos que estas personas son quienes dicen ser? —pregunté.

Mamá estaba acostada en la cama, y se cubría los ojos con las manos:

—¿Qué?

—Los Howies. Podrían ser cualquier persona. Hace una semana ni siquiera sabíamos que existían, y ahora están durmiendo en el piso de la sala de nuestra casa.

—Pero tienen la quijada de los Hatcher, ¿no es cierto? —respondió mamá.

—Yo no les veo ninguna quijada modelo Hatcher. ¿Tú sí? —insistí.

—Pues me pareció como la de tu papá —de pronto se afligió. Luego, meneó la cabeza y la mano para decir—: ¡Ay, qué tonta! Claro que son los primos de tu papá.

—Oye, por mí no te preocupes si quieres tener a cinco extraños durmiendo en la sala de la casa.

—No son extraños, cariño —dijo—. Son parientes. Nadie, excepto el primo Howie llamó a tu papá Barrilito. Deberías irte a dormir —sugirió, y me dio un abrazo.

—Me gustaría saber una sola cosa, mamá.

—¿Qué, Pete?

—¿Por qué tenían que invitarlos tú y papá a quedarse? No tenemos lugar ni siquiera para dos personas extras. Ya no digamos para cinco.

—Pues, mejor dicho, se invitaron ellos mismos.

Guardamos silencio durante un minuto y luego mamá intentó convencerme:

—Esto es muy importante para tu papá, así que tratemos de pasar lo mejor posible este trance, ¿te parece bien?

—¿Por qué es importante?

—Cuando tu papá era niño, una vez su mamá se enfermó —dijo ella.

—¿Se enfermó?

Mamá asintió con la cabeza.

—Los papás del primo Howie fueron muy buenos con él. Se lo llevaron a vivir con ellos todo un verano y, durante ese tiempo, él y el primo Howie estuvieron tan unidos como... bueno, como Jimmy y tú.

—¿Cómo es que nunca me habían contado esto?

—Supongo que a tu papá no le gusta hablar sobre esa época de su vida. Fue muy dura para él.

—¿Su mamá se mejoró?

—Sí... durante un tiempo.

—Me gustaría que mi papá me contara estas cosas.

—No le gusta ponerte triste.

—Sí, pero cómo se supone que debo entender algunas cosas si no me las explica.

—Quizá algún día lo haga —dijo mamá.

—Para entonces será demasiado tarde.

—Espero que no —dijo y se acomodó el cabello con las manos—. Comprendo que tener a cinco *semi*extraños durmiendo en el piso de la sala nos priva de nuestra privacidad. Pero es sólo por una noche. Dos a lo sumo. Lo vamos a superar.

Después de decir esto se inclinó a darme un beso. Por lo general no dejo que lo haga, pero esta vez acepté.

***

Seguía escuchando la voz de mamá decir: *Es sólo por una noche. Dos a lo sumo.* Cuando desperté al día siguiente los Howies ya invadían la cocina, tal como si estuvieran en su casa: Eudora hacía huevos revueltos en la estufa y Howie se encargaba del pan tostado. Mini estaba sobre el mostrador, junto al fregadero, pegándose las cáscaras de los huevos en la nariz y la frente. "Es igual de raro que Fudge", pensé. Las Bellezas Naturales estaban sentadas a la mesa, atragantándose con el cereal de papá. Fudge estaba sentado en su lugar de siempre, contando sus rueditas de cereal.

Mamá también los acompañaba, vestida ya con su uniforme, lista para irse al trabajo. No se veía contenta. Sé que no le gusta que nadie se meta a su cocina. Lo acepta cuando abuelita viene a cocinar, pero ése es su límite. Nuestra cocina no es precisamente espaciosa. Tenemos una mesa pequeña pegada a la pared y desde ahí uno puede alcanzar la estufa, lo cual resulta muy práctico a veces. Pero casi siempre comemos en el comedor.

Me serví un jugo de naranja y me senté en la última silla que quedaba libre.

—Buenos días, Peter —dijo Eudora—. Hemos estado hablando de ti.

"¿De mí? ¿Qué estaban diciendo de mí?", me alarmé.

—Comentábamos que quizá hoy podrías llevar a Flora y Fauna a la escuela contigo.

"¿Qué? De seguro escuché mal. Debo tener los oídos tapados por el agua de la regadera", rechacé de inmediato.

—Les gustaría conocer una escuela de Nueva York —continuó Eudora.

Tenía que pensar en algo rápido.

—No dejan ingresar a nadie sin autorización previa. En Nueva York las escuelas tienen políticas muy rígidas y una vigilancia muy estricta —añadí, sólo para cerciorarme de que entendieran el mensaje. En ese momento las Bellezas Naturales se servían más cereal de papá, y les dije—: pensé que tomaban clases *sólo* en casa.

—Así es —empezó a decir Flora—. Pero eso no significa...

—Que no *visitemos* algunas escuelas —prosiguió Fauna—. Además, hemos estado estudiando...

—Culturas de otros países —dijo Flora.

—Estamos en Nueva York —les aclaré—. Esto no es otro país.

—Para nosotros, sí lo es —dijo Fauna, con hipo—. Perdón, es el jugo de naranja.

—Está acostumbrada a tomar jugo recién exprimido —dijo Flora.

Mamá puso los ojos en blanco y se sirvió una segunda taza de café.

Yo intentaba descubrir si las Bellezas Naturales hablaban conforme a un patrón determinado. ¿Flora siempre era la encargada de iniciar las oraciones o sólo lo hacía algunas veces? ¿Fauna era quien debía terminarlas? Hasta el momento no había llegado a ninguna conclusión definitiva. También intentaba averiguar quién y por qué me hacía sentir tan agotado, a pesar de que mi día apenas comenzaba.

El primo Howie puso los platos de huevos con pan tostado frente a cada una de sus hijas. Fue en ese momento que reparó en la caja de cereal de papá y en los platos vacíos de Flora y Fauna.

—¿Qué han estado comiendo, niñas? —preguntó, mientras tomaba la caja de cereal. Era una de esas marcas que les promete a los adultos mantenerlos jóvenes, en forma y con una buena digestión. El primo Howie empezó a leer en voz alta la lista de ingredientes que estaba a un costado de la caja.

—¿Edulcorantes artificiales? ¿Saborizantes artificiales? —dijo, mirando fijamente a las niñas—. Repitan después de mí: *No debemos envenenar nuestro cuerpo con sustancias artificiales.*

Ambas lo repitieron.

—Una vez más —pidió el primo Howie.

—No debemos envenenar nuestro cuerpo con sustancias artificiales.

—Así está mejor. Ahora, cómanse el huevo.

—Pero, papi —dijo Flora—. Ya no...

—Tenemos hambre —terminó Fauna.

—¿Ya no tienen hambre? —preguntó el primo Howie—. ¡*Ya no tienen hambre!*

—Eso dijeron —le dijo Fudge al primo Howie—. ¿No las escuchaste?

La cara del primo Howie se puso roja, y luego morada.

—Fudgie, hay que portarse bien —dijo mamá.

—Me *estoy* portando bien. Si el primo Howie no oye bien, prometo que voy a ayudarlo, igual que a la señora Osterman.

—Puedo oír perfectamente bien —gritó el primo Howie.

Eudora dijo:

—Déjalo, Howie. Mañana las niñas tomarán un desayuno saludable. Por qué no te comes *tú* sus huevos y su pan tostado?

—Siéntate aquí —salté de mi silla para cederle mi lugar en la mesa.

—Gracias —dijo el primo Howie.

Tortuga había estado debajo de la mesa. Alzó la mirada para ver al primo Howie y lanzó un gemido que pretendía hacerle saber que estaría feliz de poderlo ayudar a acabar con esos huevos.

Entonces papá entró a la cocina con Tootsie en sus brazos. La sentó en su sillita frente a todos.

—Desos, desos —dijo Tootsie, señalando la caja del cereal de Fudge.

Papá le sirvió un poco en su plato.

Flora dijo:

—¡Qué belleza!

—¡Es tan linda! —dijo Fauna con mucho hipo, lo cual hizo reír a Tootsie.

—Se llama Tamara Roxanne —anunció Fudge—. Y no voy a decirles cómo le decimos.

—Te apuesto a que puedo adivinar. ¿Tammy? —preguntó Fauna.

—No —se burló Fudge.

—¿Roxy? —trató Flora.

—¡Otra vez, no!

—¿Mara? —intentó Fauna.

—No, no y no —se rió Fudge.

Yo estaba pensando que todos esos nombres eran mejor que *Tootsie*, pero no dije nada.

—Les voy a dar una pista —dijo Fudge—. Es el nombre de un dulce.

—Nosotras no comemos dulces —dijo Flora.

—¿Ni siquiera en Halloween? —preguntó Fudge.

—Ni siquiera en Halloween —dijo Fauna—. Por eso nuestros dientes están...

—Perfectos.

Flora abrió la boca lo más que pudo para que admiráramos sus dientes:

—Nunca hemos tenido ni una sola caries —terminó.

—Pero comen helado. Yo las vi —dijo Fudge.

—Y *fudge* caliente —añadí, pensando que las habíamos agarrado en la mentira.

—Papi dice que el helado es una de las cosas indispensables de la vida —dijo Flora.

—Y el *fudge* caliente es una tradición familiar —dijo Fauna.

—A papá le importan mucho las tradiciones familiares —añadió Flora.

—¡Lares, lares! —gritó Tootsie, abriendo los brazos.

—Así que, ¿cómo le dicen a esta encantadora criaturita? —preguntó Fauna.

—Le decimos... ¡Tootsie! —anunció Fudge.

—Tu-zi —dijo Tootsie.

—Qué nombre... —empezó a decir Fauna.

—Tan adorable —completó Flora—. Si alguna vez tenemos una hermanita...

—A lo mejor podemos llamarla Tootsie —dijo Fauna.

—¿Y si tienen un hermanito? —preguntó Fudge.

—¿Otro hermanito? —dijo Flora.

Todos nos volvimos a ver a Mini, justo en el momento en que tomó la esponja de lavar trastes y se la metió en la boca.

—¡Farley! Eso tiene jabón —le dijo mamá, arrebatándole la esponja.

Mini le lanzó una mirada muy agresiva a mamá y luego le gruñó.

***

En cuanto terminé de desayunar, salí disparado de la casa. Por primera vez en la vida, anhelé llegar cuanto antes a la escuela, donde no tendría que pensar en los Howies por el resto del día. Con un poco de suerte, cuando regresara a casa, ya se habrían ido.

Por el contrario, a media mañana, mientras el profesor Shane daba algunas instrucciones, se abrió la puerta del salón y apareció la señora Rybeck, la directora de la escuela, acompañada de dos niñas vestidas con ridículos vestidos color morado.

"No puede estar pasando esto", me dije. "Debe ser una pesadilla. En cualquier momento despertaré y empezará el día. Es imposible que las Bellezas Naturales estén en mi escuela, paradas frente a todo mi salón. Lo sé porque la seguridad en la escuela es muy estricta. No se permite la entrada a extraños". Cerré los ojos con todas mis fuerzas. "Está bien", me dije, "cuando abra los ojos habrán desaparecido. La única persona que estará parada frente a la clase será el profesor Shane. Voy a contar hasta tres". Conté lo más despacio que pude: "Uno... dos... tres..."

Abrí los ojos pero la señora Rybeck aún estaba ahí, presentando a las Bellezas Naturales:

—Por favor démosle la bienvenida a nuestras distinguidas visitantes que vienen de Hawai...

"¿Distinguidas?", pensé. "Ahora sí debo estar soñando".

—A lo largo y ancho de las islas hawaianas se les conoce como las *Celestiales Hatcher* —siguió presentándolas la señora Rybeck—, y accedieron amablemente a darnos una función durante la asamblea especial que se va a llevar a cabo esta tarde.

“¡No, por favor... no... no!” Ya podía sentir la mirada de Jimmy y de Sheila sobre mí. “Así que se apellidan Hatcher. ¿Y qué importa? Debe haber miles de Hatchers. Voy a fingir que se trata de una mera coincidencia. Por favor, señora Rybeck, no diga que son parientes mías. Por favor...por favor...por favor...”

Pero, ¿acaso la señora Rybeck recibió mi mensaje por telepatía? No, claro que no.

—Gracias a un inesperado reencuentro familiar en Washington, D.C., su compañero, Peter Hatcher, tuvo la oportunidad de conocer a sus primas, Flora y Fauna Hatcher —me fulminó al fin la directora.

“¿Por qué me hacía esto la señora Rybeck? ¿Yo qué le hice para merecer esta humillación? Si las Bellezas Naturales empiezan a cantar ‘Las mejores cosas de la vida no tienen precio’, voy a vomitar. Se me van a salir todos los intestinos aquí mismo. O quizá corra con mucha suerte y me muera en este preciso instante”.

—¿Peter Hatcher? —preguntó la señora Rybeck.

Como no me conoce en persona, esperó a que alzara la mano. Pero no lo hice.

—¿Peter Hatcher? —preguntó de nuevo.

Jimmy se remolinó en su asiento y me lanzó una mirada inquisitiva.

Por fin, la señora Rybeck preguntó:

—¿Está aquí Peter Hatcher?

Sheila levantó la mano de inmediato:

—Aquí está, señora Rybeck —dijo, señalándome con el dedo. Todo el salón volteó al mismo tiempo y sentí que me aplastaba con sus miradas escudriñadoras.

—Qué bien —dijo la señora Rybeck.

Me hundí aún más en mi asiento, con la esperanza de volverme invisible. Pero de tanto hundirme, en vez de desaparecer, me caí al piso.

Todos, incluyendo a las Bellezas Naturales, estallaron en risas.

—Ya sé que es muy emocionante tener parientes famosos, Peter —dijo la señora Rybeck—, pero por favor trata de controlarte. Te gustará saber que tus primas tienen permiso de acompañarte en todas tus clases durante su visita a nuestra escuela.

De camino a una de nuestras clases, Jimmy Fargo me llamó "Rayito de Luna"...

—¿Luego no eres pariente de las *Celestiales Hatcher...*?

—¡Ya basta! —protesté.

—¡Caíste! —bromeó carcajeándose.

***

Justo antes de la asamblea, pedí permiso para ir a la enfermería.

—¿Qué es lo que te pasa? —preguntó la enfermera, una mujer muy alta y voluminosa.

—Resfriado —mentí.

—¿Qué tipo de resfriado? —preguntó.

—Este... fiebre y dolor de cabeza.

Metió un termómetro a mi boca y me tomó el pulso. Luego sacó el termómetro y lo leyó:

—Normal —dijo, y era evidente que no estaba nada impresionada con mis síntomas.

—Y me siento muy cansado —bostecé para que viera lo *cansado* que estaba—. ¿Puedo quedarme aquí hasta que termine la asamblea?

—Si fuera otro día quizá te daría permiso, pero realmente no quiero perderme a las *Celestiales Hatcher*. Ahora que lo pienso, ¿no firmaste la lista como Peter *Hatcher*?

—Sí, pero no somos parientes.

—No me digas.

—Es decir, algunas personas piensan que sí, pero no es cierto. Sólo es una coincidencia que tengamos el mismo apellido.

—No me digas. Podría jurar que la señora Rybeck me dijo...

—Ah. Ése es otro Peter Hatcher, el que está en séptimo año.

—¿Y tú en qué año estás?

—Este... en séptimo, también.

—Ajá.

—Bueno... somos como parientes lejanos, como primos segundos o terceros, o algo así.

—Qué interesante.

—Por favor —supliqué—. No me obligue a ir. No creo poder sobrevivir. Usted no querrá ser la responsable de mi muerte repentina, ¿verdad?

—Así de mal te sientes, ¿eh?

—Más o menos.

—Bueno. Pero no quiero que salgas de aquí. ¿Me entiendes?

—No se preocupe. No voy a ir a ningún lado.

—Volveré en diez minutos. Sólo quiero ver el número inicial del espectáculo.

La enfermera cerró la puerta y suspiré verdaderamente aliviado. Sabía lo que iba a ocurrir allá. Sabía que las Bellezas Naturales tendrían que abandonar el escenario antes de terminar su primera canción, víctimas del escarnio público. Ningún alumno de secundaria de la ciudad de Nueva York sería capaz de escucharlas sin morirse de la risa. Los de las primeras filas incluso les lanzarían objetos. Ese ridículo quedaría inscrito en los anales de nuestra escuela como el día en que unas extrañas gemelas ofrecieron el último concierto de su vida.

13 No dejen de ir

Está bien, lo admito: me equivoqué. Nadie se burló de ellas ni nadie les lanzó nada. Las *Celestiales Hatcher* fueron todo un éxito. ¿Y qué? Eso no cambia la opinión que tengo de ellas.

Al final del día, Sheila se llevaba tan bien con ellas que parecía que las conocía de toda la vida. Incluso, lograba distinguirlas.

—Es muy sencillo —afirmó mientras caminábamos de regreso a casa—. Claro, si eres el tipo de persona que repara en los detalles, lo cual evidentemente aún estás muy lejos de ser, Peter.

Sheila las invitó a dormir en su casa.

—Como Libby se fue a estudiar fuera de la ciudad tengo un cuarto enorme para mí sola.

"¡Sí!", pensé. "Váyanse directamente a casa de Sheila. No dejen de ir. No regresen a mi departamento. Nunca jamás".

Las Bellezas Naturales rogaron y suplicaron pero el primo Howie no quería darles permiso.

—Ya conocen mi opinión sobre esa costumbre de irse a dormir a casas ajenas. No quisieran verse expuestas a malas influencias, ¿verdad?

Miré la fila de sacos de dormir que estaba en el piso de la sala de nuestra casa y dije:

—¿*Esto* no es irse a dormir a casas ajenas?

—No, Peter, hijito. Esta es como nuestra casa. Somos familia —dijo el primo Howie.

Pero Eudora intentó persuadirlo de todos modos:

—¿Sabes, Howie? Quizá no sea tan mala idea darles a nuestras hijas una probadita de libertad.

—¿Comer? —preguntó Tootsie, pensando que Eudora le iba a dar a probar algo.

El primo Howie miró a Eudora como si hubiera dicho algo totalmente descabellado:

—¿Qué dices, cariño?

—Digo que las invitaron a dormir a un departamento que está en este mismo edificio, a dos pisos de distancia.

—¿Pero qué sabemos de esa familia Tubman? —preguntó Howie.

Yo hubiera podido decirle mucho acerca de los Tubman, pero antes de que tuviera oportunidad de hacerlo, mamá dijo:

—Los conocemos desde hace años.

—Pasamos las vacaciones de verano con ellos, y compartimos una casa en Maine durante tres semanas —dijo papá.

—Mi mamá está *casada* con el papá de Buzz Tubman. Es difícil ser más cercano que eso —dijo mamá.

Las Bellezas Naturales contuvieron el aliento. Me percaté de que cruzaban sus dedos tras la espalda.

—¿Y su moral? ¿Y sus valores? —preguntó Howie.

—¿Moral? —preguntó mamá.

—¿Valores? —repitió extrañado papá.

Mientras papá y mamá se miraban mutuamente, me apresuré a decir:

—Perdón, pero resulta que estoy enterado de que Sheila piensa mucho en esas cosas.

Preferí no especificar que piensa que Fudge *no* tiene valores.

—Yyyyy... —alargó Fudge la palabra hasta asegurarse de que captaba la atención de todos. Sabía que no podría quedarse callado mucho tiempo más—. A lo mejor hasta me caso con Sheila.

—El verano pasado jugamos al esposo y la esposa.

—¡Jugaron al esposo y la esposa! —exclamó horrorizado Howie.

—Fue un juego inocente —dijo mamá, tratando de calmarlo.

—Ni siquiera dormimos en la misma cama —aclaró Fudge.

—¡Dormir en la misma cama! —repitió Eudora.

—Tampoco Buzzy ni mi abuelita durmieron en la misma cama —agregó Fudge—. No hasta que se casaron. Ahora se dan de besitos todo el tiempo.

—¡Besitos! —gritaron las Bellezas Naturales muertas de risa.

Mini le lamió el brazo a Tootsie. Ella le acarició la cabeza igual que a Tortuga.

Finalmente, Howie y Eudora accedieron a conocer a la familia Tubman. Media hora después volvieron acompañados por Sheila, y le hicieron saber a mis papás que habían decidido dejar que las Bellezas Naturales durmieran en casa de los Tubman. Sheila y ellas se abrazaron y saltaron para celebrar la buena noticia. Por supuesto, yo también tenía ganas de saltar.

—Todavía no me siento completamente cómodo con la idea —les dijo el primo Howie a sus hijas, mientras enrollaban sus sacos de dormir y empacaban algunas cosas en sus mochilas.

—Van a estar bien, Howie —le aseguró papá.

—Si no te importa, Barrilito... prefiero arreglar este asunto solo.

Papá arqueó las cejas, pero respetó su decisión.

—Primero necesito que me aseguren un par de cosas —condicionó el primo Howie, bloqueando la puerta con su enorme cuerpo para impedir que sus hijas pudieran escaparse.

Las Bellezas Naturales se miraron desconcertadas.

—Primero —ordenó— nada de música pop.

Por poco se me escapa la risa.

Pero ellas, en cambio, asintieron y repitieron:

—Nada de música pop.

—Segundo —prosiguió— nada de esas revistas de modas que también dan consejos a los ansiosos de amor.

Ellas volvieron a asentir.

—Tercero... nada de televisión.

—¿A qué se refiere con *nada* de televisión, señor Hatcher? —le preguntó Sheila.

—Me refiero a *nada* de televisión —insistió Howie.

—Excepto *Plaza Sésamo* —aclaró Eudora con una dulce sonrisa—. No hay ningún problema con *Plaza Sésamo*, ¿verdad Howie?

—Tootsie ve *Plaza Sésamo* —dijo Fudge.

—*Todos* hemos visto *Plaza Sésamo* —dijo Sheila.

—No apruebo que vean televisión, y punto —machacó Howie—. Hace que los seres pensantes se vuelvan vegetales.

—¿Qué tipo de vegetales? —preguntó Fudge—. A mí me gustan el maíz y las zanahorias.

—No importa.

—A Richie Potter le gusta el brócoli.

—*Dije* que no importa —repitió Howie.

—¿Y libros? —preguntó Sheila—. ¿No hay problema con los libros, verdad?

—Nada de novelas de amor —dijo Howie.

—¿Y los amigos? —preguntó Fudge.

—Nuestras niñas tienen la enorme fortuna de tenerse la una a la otra —dijo Eudora.

—Yo tengo a Pete —dijo Fudge—, pero aun así me gusta escoger a mis propios amigos.

Fudge se pavoneó por toda la sala.

—¿Saben quién es mi mejor amigo en el grupo confuso? Richie Potter. ¿Saben quién es mi mejor amigo en este edificio? Melissa Beth Miller. Vive en donde vivía Jimmy Fargo. Tiene un gato que se llama Pelusa.

Fudge se tiró al piso y empezó a gatear y a maullar:

—En Halloween, vamos a disfrazar a Pelusa de mago.

Se puso de pie de nuevo, y empezó a dar vueltas:

—¿Saben de qué me voy a disfrazar en Halloween? —dio vueltas y vueltas hasta que se cayó al piso de lo mareado—. ¡De avaro! Voy a ponerme la corbata con signos de dólar que compré en Fudgengton.

El primo Howie ya no pronunció ni una palabra más, a pesar de que tenía la boca completamente abierta.

***

En cuanto las Bellezas Naturales se fueron, Mini empezó a llorar. Sólo dejó de hacerlo cuando mamá le prometió que él también iba a dormir en otro lugar.

—¿Adónde va? —preguntó Fudge.

—A tu cuarto —dijo mamá, mientras Mini arrastraba su saco de dormir por el pasillo.

—Es nuestro invitado, Fudge. Él te admira —le dijo mamá.

—¿Y qué?

—Dormir en tu cuarto significará algo muy especial para él.

—A lo mejor me lame el brazo a mitad de la noche.

—La prima Eudora dice que Mini lame en vez de dar besos. Me refiero a que realmente te quiere mucho.

—No quiero que me lama.

—Pues entonces mantén tus brazos adentro de las cobijas.

—¿Y si se me olvida?

—Una vez que se duerma, estarás a salvo.

—¿Y si no se duerme?

—Te garantizo que se va a dormir.

—Pues no me gusta nada la idea —le dijo Fudge—. ¿Por qué mejor no duerme con Pete?

—Ah, no —negué de inmediato—. Me duermo demasiado tarde para él. Además, si se queda en mi cuarto Tortuga no va a dejar de ladrar toda la noche.

Mamá arregló el asunto:

—Mini va a dormir en el piso, en *tu* cuarto, Fudge.

—Bueno —dijo Fudge—. Entonces *yo* voy a dormir en el piso del cuarto de Pete.

—Claro que no —Volví a negar. Enseguida me fui a mi cuarto. Cerré la puerta con llave y me acosté en la cama con el libro de Dave Barry que me había prestado abuelita. Dice que ese libro siempre la hace reír, y reír es justo lo que necesitaba en ese momento.

***

Apenas las Bellezas Naturales desaparecieron del panorama, Mini se desinhibió y empezó a hablar. Escucharlo fue tan sorpresivo que miré en rededor para comprobar que Fudge no estuviera haciendo algún truco como lo había hecho con el Tío Plumas. Pero no: era Mini el de la voz, parado sobre el banquito de Fudge, y asomándose a la jaula del Tío Plumas.

—Lindo pajarito —dijo Mini.

—Se llama Tío Plumas —lo corrigió Fudge.

—Lindo pajarito —volvió a decir Mini.

—Dile Tío Plumas. Ése es su nombre —insistió Fudge.

—Tío Plumas —dijo Mini, pero señalando a Fudge.

—No, ¡yo soy Fudge! —dijo Fudge.

—No, ¡*yo* soy Fudge! —dijo Mini.

—¡Claro que no! —le dijo Fudge—. Tú eres Farley pero te decimos Mini.

—No, *él* es Farley —respondió Mini, apuntándome con el dedo.

—¡No, *él* es Pete! —dijo Fudge.

—¿Quién es Pete? —preguntó Mini.

—¡Me rindo! —dijo Fudge con frustración.

—Yo también me rindo —dijo Mini, muerto de risa.

—¡Tú eres un cabeza de chorlito! —le gritó Fudge.

—Fu, fu —dijo Tootsie, que pasó gateando por el corredor.

***

No dejó de llover todo el fin de semana. Pero los Howies ni se enteraron porque para el sábado por la mañana ya estaban prendidos del televisor. No estoy seguro cómo fue que quedaron ahí enganchados. Creo que fue el viernes en la noche, cuando papá revisó el canal del tiempo y Eudora quedó intrigada.

—¡Howie, mira eso! ¿No te parece fascinante? Puedes ver cómo está el tiempo a lo largo y ancho del país, y hasta en las islas hawaianas.

Durante las siguientes dos horas, tanto ella como Howie se dedicaron a ver el canal del tiempo. Luego Howie se apropió del control remoto y ése fue el principio del fin. ¡Ya no se movieron de ahí! Fue asombroso. Hasta donde sé, vieron la televisión toda esa noche. Lo supongo porque me levanté esa madrugada al baño y pude ver que aún no se apagaban las luces centelleantes que provenían de la sala. Creo que estaban viendo la repetición de *Amo a Lucy*. Se reían como locos, como si jamás hubieran visto nada igual. Entonces me di cuenta de que lo más probable era que, en efecto, nunca habían visto nada igual.

***

El sábado por la mañana mamá tuvo que irse a trabajar y papá se dedicó a hacer sus tareas de siempre en la ciudad. Pero como seguía lloviendo intensamente no quiso que Fudge y Tootsie lo acompañaran. De inmediato supe lo que se me esperaba:

—Peter, no tardaré más de una hora. Ya acosté a Tootsie para que tome sus siesta. Así que te encargo a Fudge...

—No te preocupes, Barrilito —dijo Eudora entre bostezos—. Yo me encargo de cuidar a los pequeñitos.

El primo Howie seguía enganchado al televisor: alternaba las caricaturas matutinas con el canal del tiempo, las noticias de CNN y la repetición de un programa especial de Oprah.

Fui a echarle un vistazo a Fudge. Estaba en el piso de su cuarto, construyendo un cohete con su Lego. Mini había regresado al banquito y vigilaba al Tío Plumas. Lo escuché decir otra vez:

—Lindo pajarito.

En cuanto papá salió, Tortuga empezó a ladrar en la puerta. Lo hace siempre que necesita salir. Debía haberlo sacado a pasear cuando me levanté, pero sacar a Tortuga cuando llueve no es precisamente divertido. Entonces supuse que como los Howies esperaban otro hijo, además de los tres que ya tenían, bien podrían arreglárselas sin mí quince minutos.

Tomé mi impermeable y un paraguas. En cuanto nos subimos al ascensor, Tortuga supo que estaba lloviendo. No me pregunten cómo, pero siempre sabe cuando está lloviendo. Supongo que puede oler u oír la lluvia. Tortuga la detesta. Cuando llegamos al recibidor tuve que jalonearlo hasta la puerta. Cuando al fin la alcanzamos, empezó a gemir. Lo jalonee otra vez de la correa, pero se echó al piso y empezó a rodar, en un intento por provocar lástima. Es capaz de hacer cualquier cosa con tal de no tocar el pavimento mojado.

Henry nos observaba y meneó la cabeza.

—¿Cómo sigue el pájaro? —preguntó.

—Igual.

—¿Todavía no habla?

—Ni una palabra.

Me acuclillé junto a Tortuga y le dije muy suavemente:

—Mira, te guste o no, tienes que salir a hacer tus necesidades. No es bueno que te aguantes tanto tiempo.

Pero Tortuga se volteó para el otro lado, fingiendo no escucharme.

Olivia Osterman me ofreció una galleta para perros:

—Gracias —le dije.

—El pobre animal podría estarse rebelando contra su nombre —dijo—. Si tuviera un nombre apropiado, como George o Rufus...

—Es la lluvia —le dije. Tortuga se incorporó y se comió la galleta. Supongo que debí haberla guardado para *después* de que saliera, a manera de recompensa. Lo cubrí con el paraguas y le ordené que saliera. Se agazapó contra el edificio.

—Está bien. Como quieras. Si quieres hacerlo aquí, adelante, pero no vamos a entrar al edificio hasta que acabes.

Durante un periodo, que me pareció interminable, Tortuga se quedó allí parado. Cuando por fin se convenció de que yo no iba a cambiar de opinión, hizo sus necesidades, sin despegarse ni dos pasos del edificio. Metí los desechos en una bolsita de plástico y la lancé al basurero. En cuanto volvimos adentro, Tortuga se sacudió, regando agua por todos lados, sobre todo encima de mí. Durante la subida en el ascensor, me miraba como si fuera un verdadero malvado por haberlo obligado a salir en medio de la lluvia.

***

En cuanto abrí la puerta del departamento, me pegó en la cara una pelota. Todos corrían y gritaban: Eudora en bata, el primo Howie en pijama, Fudge, Mini e incluso Tootsie.

—¿Qué ocurre? —grité.

Todos se comportaban como si fuera el fin del mundo. Cuando Tortuga los vio se echó a correr, y probablemente fue a esconderse debajo de mi cama.

Atrapé a Fudge cuando pasó corriendo frente a mí.

—¡Pete! —me gritó fuera de sí—: Mini dejó salir al Tío Plumas de su jaula, y anda como loco volando por toda la casa.

—Se supone que no puede tener tiempo libre a menos que mamá y papá estén en casa.

—Ya lo sé.

—¿Así que dónde está? —pregunté justo en el instante en que pasó volando a toda velocidad a través de la sala, dejando caer popó como si fueran bombas en miniatura. *¡Bum!* Cayó una justo encima de la cabeza del primo Howie. *¡Bum!* En el sofá. *¡Bum, bum, bum!* Le dio al librero, a la lámpara y a la mesita de café.

Lo primero que pensé fue: "Esto no le va a gustar nada a mamá". Pero luego pensé: "¡Qué importan los muebles!... ¡Tenemos que proteger al Tío Plumas!". Empecé a dirigir la operación de rescate:

—Fudge: cierra todas las puertas, excepto la de tu cuarto. Eudora, baja las persianas... ¡rápido! Primo Howie: necesitamos cubrir todos los espejos.

Corrí hasta el armario donde mamá guarda las sábanas viejas, pero me tropecé con Mini. Perseguía al Tío Plumas con los brazos abiertos y con sus manitas en el aire, como si pudiera atraparlo con las manos:

—Lindo pajarito... lindo pajarito...

Tootsie perseguía a Mini, diciendo:

—¡Pío, pío... pajarito!

Logré llegar al armario y le lancé una sábana a Fudge.

—Dásela al primo Howie.

Pero, en vez de hacerlo, se la puso en la cabeza y siguió corriendo, como si fuera un fantasma en Halloween.

De pronto, oímos un golpe seco: el Tío Plumas chocó contra la ventana de la cocina y cayó, inmóvil, al piso.

—¡Mi pájaro! —gritó Fudge.

Un silencio absoluto cayó sobre el departamento por unos instantes.

—No lo toquen —reaccionó al fin el primo Howie—. Estoy entrenado para hacer frente a situaciones como ésta. Todos mantengan la calma. Fudge: trae algo para cubrirlo. Necesitamos mantenerlo abrigado.

Fudge volvió arrastrando la sábana matrimonial de la cama de mamá y papá.

—No, algo más pequeño —le dijo el primo Howie.

—Una toalla —sugerí—. Trae una toalla limpia... de las más chicas.

—Y una caja, por favor —pidió el primo Howie.

Corrí a mi cuarto, vacié mis estampas de béisbol sobre la cama, y volví veloz a la cocina con la caja.

—No queremos causarle ningún daño —dijo el primo Howie—. Debemos levantarlo con mucho cuidado.

El Tío Plumas se veía tan pequeño, tan quieto, ahí en la caja.

—Peter —dijo el primo Howie—. ¿Te sabes el teléfono del veterinario?

Mamá lo tenía pegado al refrigerador. Es el de un hospital para animales que funciona las veinticuatro horas. Levanté el auricular y marqué el número. Aunque no lograba explicar muy bien la situación, al menos pude articular las palabras clave: *estornino, se estampó, ventana*. Pregunté si había una ambulancia disponible. Al otro lado de la línea me indicaron que nosotros teníamos que llevarlo al hospital.

—Lo llevaremos en la camioneta —dijo el primo Howie enfundándose un poncho de plástico encima de la pijama—. Eudora: quédate aquí con los niños. Peter, tú ven conmigo. Necesito un copiloto que conozca bien la ciudad.

—No olvides las llaves de la camioneta —le dijo Eudora al tiempo que se las lanzaba.

—¿Y yo? —preguntó Fudge—. Es mi pájaro.

—Trae tu impermeable. Apúrate —le dije.

La incesante lluvia dificultaba la visibilidad, pero la camioneta estaba equipada con una torreta, así que al menos podían vernos. Yo gritaba indicaciones y el primo Howie conducía:

—Por la Calle 56 hasta el parque... hacia el este... sigue por la 56 hasta la Avenida York. El hospital está entre la 62, York y la Avenida Roosevelt.

Durante todo el trayecto al hospital Fudge no dejó de acariciar al Tío Plumas.

—Se va a poner bien, ¿verdad, Pete?

—Eso espero.

—Tiene que ponerse bien.

—No te preocupes. Ya casi llegamos.

—No se puede morir, ¿verdad?

—No lo sé, Fudge.

—Tienes que saber. Tú eres el hermano mayor.

Cuando dijo eso casi se me salen las lágrimas. Quise abrazarlo.

—Por favor, no te mueras, Tío Plumas —le susurró Fudge, pero él no reaccionaba a sus palabras ni a sus lágrimas.

El primo Howie nos dejó a la entrada del hospital veterinario. Metí la caja bajo mi impermeable para que no se mojara. Fudge estaba prendido de mi manga. No dejaba de llover. Tampoco Fudge, lágrimas.

—Veamos —dijo el veterinario cuando ingresamos al consultorio. Enseguida, desenrolló la toalla. El Tío Plumas alzó la mirada para verlo.

—Vaya, vaya —dijo el veterinario, sorprendido de encontrar un pájaro como él dentro de la toalla.

—Se llama Tío Plumas —dijo Fudge.

—Hola, Tío Plumas —le dijo el veterinario.

—*Bonjour, imbécil.*

Al principio pensé que Fudge estaba imitando otra vez al Tío Plumas. Pero la segunda vez, estaba viéndolo a la cara y sus labios no se movieron. La tercera vez, no nos quedó ninguna duda:

—*Bonjour, imbécil... imbécil... imbécil...*

El veterinario lanzó una carcajada y respondió:

—¡*Bonjour* a ti también!

14 Piecitos de perro

El Tío Plumas tiene un ala rota. Va a estar entablillado seis semanas. Si se hubiera estampado de frente quizá habría muerto. Pero se estrelló de lado. Dice el veterinario que es un pájaro con suerte y que va a recuperarse por completo. Mientras tanto, no deja de hablar, como si estuviera poniéndose al corriente por todas las semanas que estuvo en huelga. A lo mejor el golpe le dio un tema de conversación. ¿Cómo saber qué pasa por la mente del Tío Plumas?

Llamé a papá a su teléfono celular y fue a encontrarnos al hospital veterinario. Al llegar, Howie le dijo:

—Pues, Barrilito... tus muchachos manejaron muy bien la situación. Peter demostró que puede hacerle frente a una emergencia, y Fudge mantuvo la calma y fue de gran ayuda.

Papá nos abrazó a Fudge y a mí:

—Estoy muy orgulloso de mis muchachos, Howie.

—Debes estar haciendo algo bien —dijo Howie—. Aunque no puedo adivinar qué.

Al regresar del hospital, el departamento lucía limpio y en orden, sin un solo rastro de popó de pájaro. Eudora llevaba puesto un vestido y estaba preparando unos sándwiches para el almuerzo. Tootsie dormía la siesta, y Mini estaba hipnotizado frente al televisor.

—¡Ya no quiero oír nada más al respecto, Howie! —exigió Eudora—. Sólo está viendo Discovery Channel.

—¿Discovery Channel? Bueno, al menos suena educativo —concedió Howie.

—Sí, lo es —le dijo Eudora—. Estoy segura que nuestro pequeño Farley va a aprender mucho con esos programas. Y en caso de que te estés preguntando dónde están tus hijas, te aviso que les di permiso para pasar otra noche en casa de la familia Tubman.

—Vaya —dijo el primo Howie—. Veo que hoy estás muy airosa.

—Sí que lo estoy. ¡Vale más que lo creas!

***

Pusimos al Tío Plumas de vuelta en su jaula y le dimos un pedacito de pera. Al principio parecía estar confuso, pero no tanto como para no comer ni quedarse otra vez callado.

—Eres un pájaro afortunado —le dijo Howie.

—*Tunado, tunado...* —quiso imitarlo.

Mini se rió:

—Pájaro habla.

El primo Howie alzó a Mini en brazos para que pudiera verlo de cerca.

—¿Verdad que entiendes que no debes volver a sacar al pájaro de su jaula?

Mini no respondió.

—Si no lo entiendes, entonces no podrás volver a entrar al cuarto de Fudge para ver al Tío Plumas.

Mini siguió sin responder, pero lamió la mejilla del primo Howie.

—Bien —dijo Howie—. Me alegra que lo entiendas.

"¿Eso es todo?", pensé. "¿Piensa que puede confiar en Mini sólo porque le lamió la cara?"

Fudge dijo:

—Una vez, en Maine, yo también lo dejé salir cuando no le tocaba su tiempo libre...

—Entonces entiendes a Farley por haberlo dejado salir —dijo el primo Howie—, no lo culpas por lo ocurrido, ¿verdad Fudge?

—No debió haberlo hecho —dijo Fudge.

—Tienes razón —dijo el primo Howie—. Farley no debió hacerlo. Pero aprendió su lección y no lo volverá a hacer. ¿Verdad, Farley?

—Pájaro afortunado —dijo Mini.

—Tunado... tunado...

—Ah... primo Howie —dije al fin, porque ya no podía seguir callado—. Quizás deberíamos poner como regla que Mini sólo pueda ver al Tío Plumas cuando alguien lo vea a *él.*

—Normalmente diría que sí. Pero en este caso basta con que lo entienda —dijo el primo Howie.

—Pero no tiene ni siquiera cuatro años —le recordé por si lo había olvidado.

—No te preocupes. Él entiende.

Me di cuenta entonces de que no tenía ningún caso seguir discutiendo con él.

***

Después del almuerzo, Fudge me llamó y me dijo:

—Vamos a jugar, Pete. ¿Quieres jugar *Escúpela*?

—No, gracias.

Fue un error de Sheila haberle enseñado a Fudge ese juego de cartas. En vez de decir "Escúpela" al quedarse sin cartas, piensa que tiene que escupir. Fudge quiso enseñarle a Richie Potter el juego y acabaron armando una competencia de escupitajos. Fue repugnante.

—Bueno —dijo Fudge—. ¿Entonces juguemos al Mono con polio?

—No se llama Mono con polio —lo corregí—. Se llama Monopolio. Y hacen falta más de dos jugadores para que sea divertido. Además, tú siempre haces trampa y le robas al banco.

—Anda, Pete... te prometo que no voy a robarle más —me dijo con carita de inocencia.

—¿Me lo prometes?

—Te lo prometo.

Accedí sólo porque pensé que Fudge se merecía un premio por su buen comportamiento. Además, sabía que el juego no iba a durar ni una hora. Jugar Monopolio con Fudge es como jugar básquetbol con Tortuga: no entiende nada. Lo único que le interesa es adueñarse de Boardwalk y Park Place, las propiedades más costosas.

—Lo compro —dijo cuando su ficha cayó en Park Place. Ya era dueño de Boardwalk pero lo tenía hipotecado—. También quiero comprar dos hoteles.

—No puedes construir casas ni hoteles hasta que no pagues tu hipoteca —le dije—. Además, no te alcanza el dinero para comprar nada.

—Claro que sí —dijo y sacó de su bolsillo un fajo de billetes de plata Fudge.

—Sólo se puede usar dinero de Monopolio en este tablero.

—Bueno. Entonces voy rápido al cajero.

—No hay ningún cajero en Monopolio.

—¡Pues debería haber! —respondió.

—Pero no lo hay.

—Perfecto. Entonces voy a usar mi tarjeta de crédito.

—¿Cuál tarjeta de crédito?

—La que me dio abuelita.

—¿Abuelita te dio una tarjeta de crédito?

Fudge la sacó de su bolsillo y se abanicó con ella:

—Lástima que no te dio otra a ti, Pete.

—Déjame verla —dije y se la arrebaté—. Esta tarjeta expiró hace diez años. Abuelita debía haberla tirado hace siglos.

—¡No me importa! —respondió.

—Pues a mí sí. Y aunque sirviera la tarjeta, no la puedes usar en Monopolio. Es sólo un juego y tiene sus propias reglas.

Tomé mi turno y caí en el Ferrocarril de Pennsylvania. Ya era mío.

Luego le tocó el turno a Fudge. Mientras agitaba los dados, cantaba:

¡Ay! Dinero, dinero, dinero...
Dinero, dinero, cuánto te quiero.

Lanzó los dados. Doble cuatro. Avanzó ocho espacios y cayó en el Arca de la Comunidad. Tomó una carta:

—Saqué el segundo puesto en un concurso de belleza, Pete —leyó, y estiró enseguida la mano—. Diez dólares, por favor.

Luego volvió a lanzar los dados.

***

Cuando mamá llegó del trabajo, Eudora ya tenía preparada una gran olla de chile con carne en la estufa. En el comedor ya estaban dispuestos los platos, los vasos y los cubiertos. Mamá estaba sorprendida y contenta. Eudora le dijo:

—Es lo menos que podemos hacer. Han sido muy generosos con nosotros. Y con eso del accidente...

—¿Cuál accidente? —preguntó mamá, ahora con una expresión muy distinta en el rostro—. ¿De qué estás hablando?

—Ay, Anne —dijo Eudora—. Lo siento tanto. Pensé que ya sabías.

—¿Saber qué? —dijo mamá, cada vez más preocupada—. ¿Están todos bien?

Fudge entró corriendo al cuarto y saltó a los brazos de mamá:

—¡Es el Tío Plumas, mamá! Se rompió un ala. Tendrá que estar entablillado seis semanas. Ayudé a Pete y al primo Howie a llevarlo al hospital veterinario. ¿Sabías que no hay ambulancia para pájaros?

—¿Un ala? —dijo mamá—. Pero...

Papá entró al cuarto y abrazó a mamá:

—El Tío Plumas se va a poner bien.

—Pero...

—Es una larga historia, cariño —Fudge también imitaba perfectamente a papá.

Antes de que papá pudiera contarle lo ocurrido, sonó el timbre.

—¿Quién será? —preguntó mamá.

En vez de abrir la puerta y averiguarlo siempre dice lo mismo. Mientras se lo preguntaba, yo fui a la puerta, me asomé por la mirilla, y vi a Jimmy con su papá.

—¡Hey! —dije, abriendo la puerta—. Vaya sorpresa.

—Es lo que se supone que es —dijo Jimmy. Luego ayudó a Frank Fargo a cargar un enorme paquete envuelto en papel de estraza.

—Para ti —le dijo al entregárselo a mamá.

—¿Para mí?

—Bueno, en realidad para ustedes —dijo Frank.

—¿Qué será? —preguntó mamá.

—¿Por qué no lo abres? —le sugirió.

—Vamos, mamá —le dije, ayudándola a arrancar el papel de estraza.

—¡Ay, Frank! —exclamó mamá con lágrimas en los ojos cuando vio de qué se trataba. Era una de las pinturas de la exposición: *Piecitos de bebé, arándano.* El primer cuadro sobre el que Tootsie había caminado.

—No podemos aceptar algo tan...

Frank Fargo no la dejó terminar.

—Piénsalo así, Anne: sin Tootsie no habría habido exposición.

—¡Es lo que siempre dice papá! —dijo Fudge.

Papá se ruborizó, y trató de ocultar su bochorno diciendo:

—Es fabuloso, Frank... y más que generoso de tu parte —le dijo.

—Se va a ver perfecto en la sala —dijo mamá—. Hemos estado ahorrando para comprar uno, pero con lo escaso que está el dinero hoy en día...

—¿Qué es "escaso"? —preguntó Fudge.

—Olvídalo —dijo mamá.

—Anda, mamá. Si es de dinero, quiero saberlo.

—*Escaso* significa que no se puede gastar mucho dinero —le explicó mamá suavemente.

—O quiere decir que alguien es verdaderamente tacaño —le dije—. Un roñoso de cabo a rabo.

—Gracias, Peter —dijo mamá, y por su tono supe que lo mejor que podía hacer era callarme—. Estamos hablando de dinero, no de la forma en que una persona actúa al gastarlo.

—Me encanta que hablemos de dinero —dijo Fudge—. ¿Qué es un *roñoso*?

—Es inútil —dijo mamá.

—Parece que sí —respondió Frank Fargo—. Así que por qué no nos saltamos el parloteo y colgamos de una vez el cuadro.

Papá lo ayudó a centrar *Piecitos de bebé, arándano* justo encima del sillón, mientras mamá los supervisaba:

—Un poquito más arriba... no, está demasiado alto... unos tres centímetros más abajo... sí, ¡así está bien!

Luego todos retrocedimos para admirar el cuadro desde lejos. Eudora dijo:

—Hasta parece que lo pintó a la medida.

El primo Howie dijo:

—¿Son mis ojos o esos remolinos de pintura se están moviendo?

—Mi intención fue que parecieran moverse —respondió Frank Fargo.

—Qué se me hace que aquí hay gato encerrado... —masculló Howie.

Luego Fudge le contó a Jimmy sobre el accidente del Tío Plumas y los tres fuimos al cuarto a echarle un ojo. Mini estaba parado en el banquito, vigilándolo.

—Lindo pajarito —dijo Mini—. Afortunado.

—Lindo —repitió el Tío Plumas—. *Tunado... tunado...*

—¿Ya volvió a hablar? —preguntó Jimmy.

—¿No lo estás oyendo? —le dije.

—¿Así nada más?

—Sí.

—¿Cómo?

—Nadie sabe

—Nadie sabe... nadie sabe...

—Yo sé —dijo Mini.

Me le quedé mirando:

—¿Sabes qué?

—Por qué habla el pájaro.

—¿Quién te lo dijo? —pregunté.

—El pájaro —respondió Mini.

—¿El pájaro te dijo por qué volvió a hablar?

Mini asintió.

—¿Qué te dijo?

—No te lo puedo decir —respondió Mini.

—¿Por qué no?

—Se lo prometí.

—¿Le prometiste a *quién*?

—¡Al pájaro! —dijo Mini y luego empezó a reír, exactamente igual que cuando Fudge tenía su edad. Mini empezaba a parecerse a Fudge. ¿Cómo no me había dado cuenta antes?

Fudge trajo un montón de dibujos de uno de los estantes de su cuarto. Los llevó a la sala y se los fue mostrando a Frank Fargo:

—*Piecitos de perro en rojo, Piecitos de perro en azul, Piecitos de perro en verde* y *Piecitos de perro en morado.*

El señor Fargo examinó cada uno de los dibujos con aparente interés.

—Son muy buenos. Prometen mucho —dijo.

Me acerqué para verlos y, ¿qué fue lo que vi? ¡Huellas de perro! Cada uno de los dibujos estaba cubierto con huellas de perro.

—¡Hey! ¿Adónde crees que vas? —le dije a Fudge—. ¿Cómo lograste que Tortuga...?

Fudge se rió:

—Fue lo más fácil del mundo, Pete, porque a Tortuga le encantó caminar sobre mis dibujos.

—¿Con qué derecho usaste a *mi* perro para hacer tus dibujos?

—¿Quieres comprarme uno, Pete? Se venden. Cada uno tiene un precio de tres ceros.

—¿Sabes cuánto valen esos tres ceros?

—Claro, Pete: ¡más que dos!

***

Jimmy me invitó a cenar y luego al cine. Fuimos con su papá. Yo aproveché la oportunidad para salir de casa.

—¿Crees que también puedas quedarte a dormir con nosotros? —preguntó Jimmy.

—¡Sí! —respondí, incluso antes de pedirles permiso a mis papás. Sabía que me dejarían ir. Ellos mismos pensaban que necesitaba un descanso.

A la mañana siguiente, Vinny y Cuello de Jirafa llegaron a casa de los Fargo. Ella nos preparó pan tostado a la francesa para el desayuno.

—Espera a que lo pruebes —dijo Jimmy—. Es el mejor del mundo. ¿Verdad, Vinny?

Vinny ladró, pero ya no retrocedió y hasta dejó que lo acariciara.

El domingo por la noche, de camino a casa, Jimmy me contó que su papá y Cuello de Jirafa se iban a casar el mismo Día de San Valentín.

—No puedes faltar —me dijo—. Yo seré el padrino y nunca antes lo he sido. No sé ni cómo hacerle.

—¿Y yo sí?

—Sólo prométeme que irás.

—Claro que sí.

—Gracias.

Tenía la esperanza de que, al llegar a casa, los Howies ya se hubieran ido. Habría sido la semana más larga de mi vida, de no haber sido por aquella cuando Fudge se tragó a Dribble, mi tortuga mascota. Por eso me sentí dichoso cuando papá dijo al fin:

—Bueno, Howie: ha sido maravilloso conocerlos a ti y a tu familia, pero ahora...

—Lo sé, Barri... nos sentimos tan tristes como ustedes porque tenemos que irnos. Sé que les gustaría que nos quedáramos más tiempo...

—Pero están recorriendo el país, y aún les falta mucho por conocer —dije, esperando estar en lo correcto.

—Ése era el plan —me dijo el primo Howie—. Pero los planes a veces cambian. Y gracias a Henry Bevelheimer...

"¿Gracias a Henry Bevelheimer? ¿Qué?", pensé.

—Vamos a rentar el departamento de la familia Chen mientras ellos pasean por China. Eso significa que seremos sus vecinos hasta el primero de diciembre.

—Pero —empecé a tartamudear.

—Peter, hijo... —dijo el primo Howie—. Nadie entiende tan bien como yo lo difícil que habría sido despedirnos. Así es que, aunque nos van a separar dos pisos, aún podremos estar juntos seis semanas más.

—¡Seis semanas! —exclamó Fudge—. Ese es el tiempo que el Tío Plumas debe tener el ala entablillada.

"¡Seis semanas!", pensé. "No, por favor... ya no...", y me desmayé.

Fudge se rió:

—No se preocupen: cada vez que Pete recibe buenas noticias hace como que se desmaya.

15 Yelraf Rosa

Fue maravilloso recuperar nuestra privacidad. Sin visitas, el departamento me pareció enorme. ¿Quién habría podido imaginar que la vida con mi propia familia llegaría a parecerme tranquila y apacible? Ya no más esperas para ir al baño. Ya no más perros calientes alineados en el piso de la sala. Y, como los Howie se alojaron en el departamento de la familia Chen, casi no tendría que verlos. Mejor aún: las Bellezas Naturales no van a ir a mi escuela. Van a tomar clases de canto, de baile y de actuación todos los días, el día entero.

"¡Sí!", pensé. "Recuperé mi vida".

Papá sugirió que nos festejáramos a nosotros mismos, y qué mejor que con una cena en *Isola*, nuestro restaurante predilecto del barrio. En cuanto cruzamos el vestíbulo me encontré a Courtney, una compañera de mi clase de Humanidades. Iba con su familia.

—Hola, Peter —me saludó.

—Este... hola, Courtney.

—¿Dónde están las Celestiales? Espero que pronto vuelvan a la escuela. Son taaan maravillosas.

—No van a volver.

—Es taaan triste.

Me encogí de hombros.

—Diles que Courtney las mandó saludar.

—Lo haré.

Mientras me alejaba pude escuchar que Courtney le decía a sus papás:

—Es Peter Hatcher, pariente de las Celestiales Hatcher. Es taaan afortunado.

En cuanto me senté a la mesa, Fudge preguntó:

—¿Es tu novia, Pete?

—No. *No* es mi novia. *No tengo* novia y, aunque la tuviera, no te lo contaría —respondí.

—No te preocupes, Peter. Algún día encontrarás una novia.

—No estoy preocupado.

—Porque, al fin de cuentas, no eres *tan* feo.

—¿Lo callan, por favor? —les dije a mis papás.

—Ya basta, Fudge —le dijo mamá.

Tootsie empezó a golpear la mesa con la cuchara:

—¡Staaa, Fuu!

Luego lanzó la cuchara y estuvo a punto de pegarle al mesero que nos traía una canasta de pan. Fudge tomó un pan, le sacó el migajón, y se lo metió todo en la boca. Mamá le dio la corteza a Tootsie.

—¿Adivinen quién vino hoy a visitarnos al grupo confuso? —preguntó Fudge con la boca tan llena de migajón que apenas podía hablar.

—¿La Princesa Caramelo? —pregunté.

Fudge se rió.

—No te rías con la boca llena —le dije.

—¿Por qué no?

Mamá y yo respondimos al unísono:

—Porque es repugnante.

—Y porque podrías ahogarte —añadió mamá.

—Un policía. Vino a enseñarnos cómo cuidarnos de los extraños —dijo Fudge, después de masticar y tragarse el migajón—. Nos mostró un video y luego a todos nos dio un nombre en clave. Sólo nuestra familia puede saber cuál es. ¿Quieren saber el mío?

Fudge nos hizo una señal para que nos acercáramos.

—Tengo que decirlo en voz baja para que nadie pueda oírlo.

Todos nos acercamos.

—Es *Egduf Muriel*. ¿No es un gran nombre en clave?

—*¿Egduf?* ¿Qué clase de nombre es ése? —pregunté.

—Shhh —dijo Fudge y luego volvió a decir en voz baja: —Es *Fudge* deletreado al revés.

—Ah, claro. Ya veo. Qué ingenioso.

—¿Y por qué *Muriel*? —preguntó mamá.

—Para inventar tu contraseña tienes que poner al revés tu nombre, pero también tienes que usar el nombre de tu abuelita como si fuera tu apellido —explicó Fudge.

—¿Y si tienes más de una abuelita? —quise saber.

—Peter... —dijo papá—. No hagamos esto más complicado de lo que ya es.

—Sí, está bien. Pero no entiendo para qué sirve esto del nombre en clave —dije.

—¡Es por si alguien trata de robarme, Pete!

—¿Robarte?

"¿Quién en su sano juicio querría robarse a Fudge?", pensé.

—Sí, Pete. Es como si un desconocido se acerca y te dice: "Tu mamá está en el hospital y me pidió que te lleve a verla".

Mamá dijo:

—Nunca quiero que vayas con un desconocido a ninguna parte.

—Ya sé —dijo Fudge—. No hablo con extraños, no me meto a ningún auto con extraños y no ayudo a extraños a encontrar a su perrito. ¿Así es?

—Exactamente —dijo mamá y tomó un largo trago de agua.

—Pero, por si acaso —siguió Fudge—, es útil tener un nombre en clave. Si un extraño se me acerca y me dice: "Por favor ayúdame a encontrar a mi perrito", le puedo responder: "¿Cuál es ni nombre en clave?" Y si no lo sabe, pues no lo ayudo.

Eso molestó muchísimo a mamá.

—Fudge, escucha con cuidado. No importa qué te diga un extraño. Tampoco importa si ese extraño es hombre, mujer, adolescente. Si un extraño intenta hablar contigo, entonces gritas: *¡No hablo con extraños!* Y luego corres lo más rápido que puedas a encontrar a alguien en quien puedas confiar: un policía, o un maestro, o un... un...

—¿Perro? —preguntó Fudge.

—¡Guau, guau! —gritó Tootsie.

—¡Un perro, no! —le dijo mamá—. ¿Cómo podría ayudarte un perro?

—Estaba bromeando, mamá.

Mamá volteó a ver a papá:

—Creo que lo mejor será hablar con William para ver de qué se trata todo esto.

—Es lo que dijo el policía que nos visitó, mamá. Ya te lo dije —volvió Fudge sobre lo mismo.

***

Unos días antes de Halloween, Henry dejó de operar el ascensor del edificio. Ahora uno tiene que apretar el botón del piso al que va. Durante meses supimos que iba a ocurrir. Por dentro el ascensor se ve igual: tiene su pared de espejo y su banca tapizada. Pero ahora, en vez de que Henry maneje el ascensor, lo único que hay que hacer es oprimir el botón del piso al que uno va. Henry está muy emocionado porque ahora tiene un nuevo trabajo: es superintendente de nuestro edificio.

Lo más divertido del nuevo ascensor es que tiene una camarita de video. Se supone que es para nuestra seguridad, como dice Fudge. Así, nadie puede entrar al ascensor sin que Henry se entere. Desde el monitor que tiene en el vestíbulo, Henry puede ver todo lo que ocurre dentro. Cualquiera que tenga interés, puede verlo también. Al principio, todos los del edificio se detenían a ver.

"Ahí está la señora Tubman pintándose los labios".

"¿Es el señor Pérez amarrándose los cordones?"

"Miren: los Rielly se están besando".

"¡Hey, miren! ¡Gina Golden se está acomodando el calzón!"

Era como el programa de *Cámara escondida*. En muy poco tiempo todos nos dimos cuenta de que podíamos ser vistos en el monitor. Desde entonces, los Reilly van de la mano pero sin besarse, y la mayoría de la gente dejó de contemplarse en el espejo del ascensor. Excepto Fudge. En el instante en que se dio cuenta de que podían verlo en video, empezó a pegar de brincos, a hacer señas, gestos y, por lo general, a sacar la lengua.

Henry convocó a una reunión sólo para los niños del edificio, aprovechando que se acercaba Halloween. La hoja en la que hay que anotarse para pedir dulces ya está pegada en el ascensor. Ésa es una de las ventajas de vivir en uno de los grandes edificios de Nueva York: no hay que salir a la calle a pedir dulces el día de Halloween. No es que yo todavía lo haga. Nada de eso. ¿Cómo creen? Me sentiría incómodo sabiendo que ya soy demasiado grande para andar pidiendo dulces. Esto me recuerda el día que celebré mi primer cumpleaños de dos dígitos: *diez,* me repetía a mí mismo sin cesar. El resto de mi vida seguiré cumpliendo años de dos dígitos, a menos que llegue a tener cien años. No estaría nada mal tener un cumpleaños de tres dígitos. A lo mejor Olivia Osterman lo logra. Si llega a cumplir cien años, y si alguna vez tengo otro perro, le voy a poner George o Rufus en su honor.

Durante la reunión para niños, Henry nos recordó que la cámara de video está ahí para nuestra protección, no para jugar, y al decir esto miró directamente a Fudge. Nos enseñó a usar el botón de ABRIR y CERRAR la puerta. Nos pidió que cerráramos los ojos para sentir con el tacto los números y los símbolos que hay en los botones. Todos están en sistema braille, indispensable para las personas que no ven, como el señor Willard, para que puedan usar el ascensor sin necesidad de ayuda. Henry nos advirtió que cualquiera que empezara a picar los botones sólo por diversión perdería sus privilegios en el ascensor. También nos enseñó a hablar con él a través del interfono en caso de algún *incidente*.

—¿Qué es un *incidente*? —preguntó Fudge.

—Cualquier cosa que no deba ocurrir en el ascensor —explicó Henry.

—¿Qué se supone que no debe ocurrir?

—Pongámoslo así, Fudge: lo *único* que debe ocurrir es que presiones el botón para ir al piso que deseas, el ascensor te lleva y sales. Igual que cuando yo manejaba el ascensor.

Luego le hizo un examen a todos los niños y las niñas de menos de doce años. Si pasaban la prueba, podían usar el ascensor por sí mismos. De lo contrario: qué lástima. Tenían que volver a tomar la prueba. Fudge la pasó a la primera.

***

—¿Oye, Mini tiene un nombre en clave? —le preguntó Fudge a Eudora.

Estábamos en el ascensor. Era sábado por la mañana. Eudora se dirigía al parque con Fudge y Mini. Yo iba a encontrarme con Jimmy en la estación del metro. Venía a pasar el día conmigo.

—¿Qué tipo de nombre en clave? —le preguntó Eudora a Fudge.

—Ya sabes: un nombre en *clave*, para que nadie se lo robe.

—¿Se lo *robe?*

—Sí.

—Farley ya sabe que no debe hablar con extraños —dijo Eudora. Ella y Howie eran los únicos que todavía le decían *Farley* a Mini.

—Sí, pero ¿Mini sabe que si un extraño le pide que lo ayude a encontrar a su perrito, tiene que salir corriendo, gritar con todas sus fuerzas, y buscar a un adulto *bueno* para contárselo?

Eudora tomó a Mini de la mano:

—Cuando salimos a la calle, no lo pierdo de vista ni un instante.

Eudora permaneció callada por un momento, y luego le preguntó a Fudge si él sí tenía un nombre en clave.

Fudge asintió.

—Una contraseña que sólo mi familia conoce. ¿Quieres saber cuál es?

—Pues, sí: supongo que como soy de tu familia debo saberlo.

—Es *Egduf Muriel* —susurró Fudge.

—Qué nombre tan extraño. ¿No te lo parece, Farley?

—Egduf —dijo Mini.

—Shhh... —le adviritió Fudge—. Nunca lo digas en voz alta.

—Egduf —susurró Mini.

—Así está mejor. En caso de que quieran saber qué significa, es "Fudge" deletreado al revés.

Eudora permaneció callada por un momento, y luego dijo:

—*Yelraf.*

—¿Qué? —preguntó Fudge.

—*Yelraf* —repitió Eudora—. Es "Farley" deletreado al revés.

—Ahora necesita un apellido. ¿Tienes mamá? —le preguntó Fudge a Eudora.

—Tenía. Murió hace unos años. Se llamaba Rosa.

—¿Oíste, Mini? —dijo Fudge—. Tu nombre en clave es *Yelraf Rosa*, pero es secreto, así que no se lo digas a nadie.

—Creo que Mini es demasiado pequeño para entenderlo —le dije a Fudge.

—Nunca se es demasiado joven para tener un nombre en clave, Pete. Y nunca se es demasiado viejo tampoco. Más vale que empieces a hacer el tuyo si vas a tomar el metro tú solo.

—Gracias por el consejo, Fudge.

—¡Más vale prevenir que lamentar! Abuelita siempre dice eso.

No es que vaya a admitirlo frente a Fudge, pero todo esto de los nombres en clave me puso a pensar que quizá yo debería tener uno también. "Mmm... veamos". Deletree mi nombre al revés mentalmente: *Retep.* Luego añadí mi segundo nombre, también al revés, para que sonara más interesante: *Nerraw.* Luego le agregué el nombre de mi abuelita: *Muriel.* Eso significaba que mi nombre en clave sería *Retep Nerraw Muriel.* Sonaba bien. ¿Pero a quién debía decírselo? No a Fudge: lo gritaría a los cuatro vientos. ¿A Jimmy? No creo. Podría burlarse. De cualquier manera, todavía no entendía muy bien cómo podría ayudarme un nombre en clave en caso de tener algún problema en el metro o en cualquier otro sitio.

***

Eudora nos invitó a cenar en cuanto se instalaron en el departamento de la familia Chen.

—¿Tengo que ir? —le pregunté a mamá.

—Sí.

—¿No puedes decirles que me duele el estómago o una muela?

—No.

—¿Puedo volver a casa en cuanto termine de cenar? Porque tengo mucha tarea.

—Puedes volver a casa en cuanto levantemos la mesa —dijo mamá—. Siempre y cuando lo hagas con amabilidad.

—Voy a ser muy amable. No vas a creer lo amable que puedo ser cuando me lo propongo. De veras. Seré tan amable...

—Está bien, Peter. Ya entendí —dijo mamá.

Durante la cena hablamos de Halloween. Fudge dijo:

—Mini puede ir a pedir dulces conmigo.

—Nosotros vamos a llevarlo —dijo Flora—. Siempre hemos tenido curiosidad...

—De saber cómo es lo del Halloween —terminó Fauna la frase.

—¿De qué se trata todo este asunto del Halloween? —preguntó el primo Howie—. ¿Ya saben lo que opino de los dulces?

—No nos importan los... —empezó a decir Fauna.

—Dulces —siguió Flora—. Nos interesa el aspecto cultural del...

—Evento —continuó Fauna—. Queremos...

—Observar —prosiguió Flora—, como parte de nuestros...

—Estudios —concluyó Fauna.

Mamá le dijo al primo Howie que pedir dulces en el edificio no representaba ningún peligro:

—Conocemos a todos los vecinos.

—Podría resultar educativo que vivieran el Halloween una vez, Howie —dijo Eudora.

El primo Howie martilló la mesa con sus dedos y frunció el ceño. Después de un rato, dijo:

—Está bien. Pero sólo esta vez. Y nada de dulces. Los dulces pudren los dientes.

—No tienes por qué preocuparte de los dulces, papá —dijeron las Bellezas Naturales al unísono.

Por fin empezaba a ver cómo funcionaba esto. El primo Howie decía *no* a todo. Las Bellezas Naturales imploraban y suplicaban, y por lo general, Eudora estaba de su lado. Con sumo cuidado, le exponía el caso a Howie. Pero, al final, casi siempre las Bellezas Naturales se salían con la suya.

—¿De qué va a disfrazarse Mini en Halloween? —preguntó Fudge.

—De... —empezó a decir Flora.

—Tigre —terminó Fauna.

Mini lanzó un gruñido.

—O quizá de... —empezó a decir Flora de nuevo.

—León —terminó Fauna.

Mini lanzó un gruñido, pero esta vez, más fuerte .

—Ya sé —dijo Flora—. Quiere ser un...

—Manatí —intentó Fauna, segura de haber acertado esta vez.

—¡No! —gritó Mini para sorpresa de todos—. *Egduf.*

—¿*Egduf*? —preguntó Flora—. ¿Qué es un egduf?

—¡Soy yo! —dijo Fudge—. Mini quiere disfrazarse de *mí* en Halloween.

—¿De ti? —dijeron las Bellezas Naturales al mismo tiempo.

—Sí —dijo Fudge—. *Yelraf Rosa* quiere disfrazarse de *Egduf Muriel.*

—¿Alguien sabe qué está pasando aquí? —preguntó Howie.

—Yo —dijo Eudora—. Y me parece muy sensato.

***

La noche de Halloween las Bellezas Naturales trajeron a Mini a nuestro departamento. Fudge ya estaba vestido de avaro: vestía una camisa blanca, un par de tirantes y su corbata con signos de dólar que había comprado en la Casa de Moneda. También llevaba su bolsa de tiritas de dinero en una mano y, en la otra, una bolsa para los dulces.

Mamá ya tenía lista otra camisa blanca para Mini, junto con otro par de tirantes. Pero como sólo había una corbata con signos de dólar, dejó que Fudge decorara una vieja corbata verde de papá. Fudge le pintó signos de dólar con alitas por todos lados. Mamá les enfundó a Fudge y a Mini un par de sombreros y luego les tomó una foto: el avaro y su doble.

Sonó el timbre. Era Melissa Beth Miller, del departamento de abajo. Llevaba a su gato en una canasta. Pelusa se veía ridículo con su sombrerito en forma de cono:

—Éste es mi hechicero. Y yo estoy vestida de Hermione, la de...

—¡No lo digas en voz alta! —gritó Fudge.

—No te preocupes —dijo Melissa—. Jamás pronuncio *su* nombre en voz alta.

—¿Cuál nombre? —preguntó Flora.

—Olvídenlo —les dije. Esto ya comenzaba a ponerse un poquito pesado para mí.

—Está bien, Pete. ¡Vámonos! —dijo Fudge.

—¿Vámonos? —pregunté.

—Sí. Tú vas a llevarnos a Melissa y a mí.

—Espera un momento. Pensé que tú te ibas a ir con Flora y Fauna.

—No. Ellas van a llevar a Mini.

—Sería imposible hacernos responsables de más de un niño —dijo Fauna.

—Porque vamos a estar tomando notas para nuestro reporte sobre el aspecto cultural del evento —dijo Flora.

—Papi dice que cada una tiene que escribir una composición de tres hojas —dijo Fauna.

—A renglón seguido —añadió Flora, en caso de que me quedara alguna duda.

—Está bien... está bien —les dije—. Vámonos para acabar con este asunto de una vez por todas.

Todos juntos tomamos el ascensor para subir hasta el piso 16 y empezar a bajar desde ahí. En cada departamento las Bellezas Naturales cantaban unos cuantos versos de su colección de canciones neoyorquinas: *"East Side, West Side"*, *"Forty-Second Street"*, *"Give My Regards to Broadway"*, *"Manhattan"*. A los vecinos les fascinó y trataron de darles a las Bellezas Naturales grandes cantidades de dulces, pero ellas declinaban amablemente.

En el sexto piso nos topamos con Olivia Osterman que salía de su departamento. Llevaba una larga capa de color rojo:

—Voy a una fiesta —dijo, sosteniendo un antifaz de ave emplumada frente a su rostro.

—Se ve como el Tío Plumas, salvo por el color —le dijo Fudge.

—Soy un ruiseñor, no un esternino —respondió la señora Osterman mientras apretaba el botón para llamar al ascensor.

La familia Golden, que también vive en el sexto piso, abrió la puerta. El señor y la señora Golden, así como su hija Gina, llevaban unas pelucas horrendas:

—¡Feliz Halloween! —cantaron al unísono.

Mostraron sus dientes de vampiro y Mini les rugió. Antes de que las Bellezas Naturales pudieran sacar su cuaderno de apuntes, el french poodle de los Golden les ladró. Pelusa saltó de la canasta y corrió como ánima en pena en dirección al departamento de los Golden.

—¡Pelusa! ¡Vuelve aquí! —gritó Melissa, y comenzó a perseguirlo.

Luego, la señora Golden salió corriendo detrás de Melissa, y Gina detrás de ella. El señor Golden se quedó parado ahí con su peluca y sus dientes de vampiro, sosteniendo perplejo el tazón de los dulces.

—¿Cuántos? —preguntó Fudge.

—¿Cuántos *qué*? —dijo el señor Golden.

—Dulces —precisó Fudge—. ¿Cuántos puedo tomar?

—¿Qué te parece uno? —le dijo el señor Golden.

—¿Qué le parecen dos? —insistió Fudge.

—Está bien: dos —convino el señor Golden.

—Mini no trae bolsa para dulces, así que también voy a tomar los dos de él —le dijo Fudge al señor Golden.

—Cuatro barras de dulce son muchos dulces —dijo el señor Golden.

—En realidad, no —insisitió Fudge—. Porque usted dijo que yo podía tomar dos. Además, Peter, Flora y Fauna no van a tomar ninguno. Así es que va a ser una auténtica ganga para usted —dijo sumergiendo la mano de nuevo en el tazón de los dulces—. Pero más vale que le lleve dos a Melissa, por si se le olvida.

—¿De qué estás disfrazado? ¿De empresario? —preguntó el señor Golden.

—No: de avaro —dijo Fudge y luego señaló a Mini—. Y éste es mi doble.

—Egduf —se presentó Mini.

El señor Golden se limitó a negar con la cabeza.

Melissa no podía encontrar a Pelusa en el departamento de los Golden. La señora Golden nos pidió a mí y a las Bellezas Naturales que la ayudáramos a buscarlo. No sé cuánto nos tardamos en encontrar a Pelusa, pero fue casi eterno. Porque para cuando logramos dar con él —se había subido encima de una pila de toallas en el armario del baño— no podíamos encontrar a Fudge ni a Mini en ninguna parte.

—¿Los vio irse? —le pregunté al señor Golden, que le ofrecía el tazón de dulces a otro grupo de niños.

—¿A quiénes? —preguntó el señor Golden.

—A los avaros —le dije. Cuando vi la expresión de vacío en su rostro, añadí—: los niñitos que traían corbatas con signos de dólar.

—¡Ah!, hace mucho que se fueron.

—Esa es una mala noticia —gritó Flora.

—Nos van a poner una regañada terrible —dijo Fauna.

—¿Qué vamos a hacer? —preguntaron al mismo tiempo.

—Lo primero es llevar a Melissa a su casa —dije, tomando el control de la situación.

—Pero todavía no termino de pedir dulces —dijo Melissa.

—Quizá tú no, pero tu gato sí —le dije.

—No es mi gato, es mi hechicero.

—Como sea: es hora de que se vaya a casa.

Presioné el botón para llamar al ascensor. Luego esperamos. Y esperamos. Y esperamos. Por fin, dije:

—Tomemos las escaleras.

Los conduje por la escalera de emergencia y nos topamos con otros grupos de niños que iban a pedir dulces. Uno de los papás dijo:

—Vaya... estas escaleras son agotadoras.

Entre dientes, otro de los papás dijo algo sobre el nuevo ascensor.

—Sí, ya sé —les dije—. Nosotros esperamos en el *seis* pero nunca llegó.

—Debe ser por la cantidad de niños que andan pidiendo dulces en todos los pisos —respondió.

En el vestíbulo, un grupo de vecinos estaba reunido en torno al monitor de video.

—Henry, ¿de casualidad no has visto a...? —le pregunté.

Me señaló el monitor.

Miré la pantalla. Pero estaba tan oscuro que era necesario hacer mucho esfuerzo para discernir algo. Apenas podía advertirse la silueta de alguien sentado en la banca con una linternita en mano. Un momento... ¿eso era una máscara de ave? La luz se movió y se detuvo en el rostro de Mini.

—¿Qué pasa? —le pregunté a Henry.

—Se quedaron atorados entre dos pisos.

—¡Oh, no! —exclamaron las Bellezas Naturales.

La luz se movió de nuevo y alumbró el panel de control. Se vio una manita y luego una cara: era Fudge.

—¿No puedes hacer algo? —le pregunté a Henry.

—Shhh... —respondió—. Fudge está tratando de usar el interfón.

—Hablan Egduf Muriel, Yelraf Rosa y Aivilo Veruschka —dijo Fudge con su vocecita.

"¿Aivilo?" ¡Claro!, era "Olivia" deletreado al revés. De modo que la mujer que estaba en el ascensor era Olivia Osterman.

—Este ascensor no quiere ir a ningún lado —dijo Fudge—. No quiere subir ni bajar. Y, aparte de eso, está oscuro. Y hace calor.

Se escuchó el murmullo de la multitud que estaba reunida en torno al monitor.

—¡Silencio, por favor! —dijo Henry y luego presionó el botón que decía COMUNICAR—. ¿Está usted bien, señora Osterman? ¿Puede respirar?

—Parece *creadora* de aves con esa máscara —dijo Fudge.

—¿Pueden sacarnos de aquí—, preguntó la señora Osterman con mucha amabilidad—. Halloween es sólo una vez al año. Y quién sabe dónde estaré el año entrante.

—La ayuda ya viene en camino —prometió Henry.

—¿Van a venir los bomberos? —preguntó la señora Osterman—. Siempre he querido que me rescate uno de esos apuestos jóvenes.

—No deben tardar en llegar —dijo Henry—. Vienen con el equipo de mantenimiento del ascensor.

—No te preocupes —dijo Fudge—. No tenemos hambre. Todavía nos quedan cuarenta y siete dulces.

—Mm —dijo Mini y podíamos advertir que se estaba comiendo uno.

Las Bellezas Naturales le preguntaron a Henry si podían hablar con Mini. Henry presionó el botón de COMUNICAR.

—Mini... habla Flora.

—Y Fauna. Te queremos mucho. No te asustes.

—No está asustado —aseguró Fudge—. Nadie está asustado aquí.

—Ahora vamos a cantar —anunció la señora Osterman—. Pueden escuchar nuestra canción especial.

Los tres empezaron a cantar a ritmo de "Martinillo"

Egduf Muriel, Egduf Muriel,
Yelfar Rosa, Yelraf Rosa
Aivilo Veruschka.... Aivilo Veruschka
Es muy graciosa
Y glamorosa, glamorosa.

Por todo el edificio corrió la noticia de que el ascensor se había atorado. Mamá y papá se enteraron por uno de los niños que fueron a pedir dulces. Bajaron corriendo los doce pisos de escaleras. Howie y Eudora se enteraron más o menos al mismo tiempo. El primo Howie se abrió paso entre la multitud.

—Yo me encargo, Henry. Soy guardabosques. Estoy entrenado para hacer frente a las emergencias.

—Lo siento, primo Howie —dijo Henry—, pero en este caso, el encargado de la situación soy yo. Y ya le cedí la operación al departamento de bomberos y al equipo de mantenimiento del ascensor. Ya están solucionando el problema.

—¿Cuánto tiempo llevan atrapados en el ascensor? —preguntó papá.

—Casi cuarenta minutos —dijo Henry.

—¡Se van a asfixiar! —exclamó Eudora gimiendo.

—Agua. Alguien traiga un vaso de agua —pidió mamá y ayudó a Eudora a sentarse en una silla.

—Quiero hablar con mi hijo —anunció papá.

—Desde luego, señor Hatcher —Henry puso a papá frente a la bocina del interfón.

—Fudge, habla tu papá. Contéstame, por favor.

—Hola, pa —dijo Fudge—. Aivilo nos enseñó un juego.

—¿Aivilo? —dijo papá.

—Es "Olivia" deletreado al revés —murmuré.

—Mira... primero piensas en un animal —dijo Fudge describiéndole el juego a papá—. Y luego tratas de que los demás adivinen qué animal es. Yo hice el panda y Mini adivinó.

—Suena bien —dijo papá—. ¿Cómo está Mini?

—Esta descansando —Fudge alumbró a Mini con la linternita: estaba recostado sobre la banca, y tenía la cabeza en el regazo de la señora Osterman, que lo abanicaba con su máscara de ave.

—Fudge... déjame hablar con la señora Osterman —le dijo papá.

—Hola, amor —dijo ella—. No te preocupes. Todos estamos bien. Sólo un poco desesperados. Nos gustaría salir de aquí.

—Papá... —dijo Fudge—. Adivina cuántos dulces se comió Mini.

—¿Dulces? —preguntó el primo Howie.

—Lleva siete —dijo Fudge—. Pero ahora le duele el estómago. Por eso está descansando.

El primo Howie tomó el auricular del interfón:

—Farley... ya no más dulces. ¿Entendiste?

Pero antes de que Mini pudiera responder, se encendieron las luces, y escuchamos que el ventilador empezaba a girar de nuevo.

—Ay, qué bien se siente eso —dijo la señor Osterman.

Luego un hombre uniformado ingresó al ascensor desde la escotilla que hay en el techo. Escuchamos un ruido y, un minuto después, Fudge gritó:

—¡Nos estamos moviendo!

—Y justo a tiempo, querido —dijo la señora Osterman—. Justo a tiempo.

Cuando se abrió la puerta del ascensor, un apuesto bombero escoltó a la señora Osterman. Fudge y Mini venían atrás de ella.

—Hagan espacio para la señor Osterman —ordenó Henry y la multitud se abrió.

—Bueno —dijo—, veo que no me perdí la fiesta en lo absoluto. ¡Parece que la fiesta está justo aquí en el vestíbulo!

En cuanto dijo eso, era fácil adivinar exactamente qué iba a suceder después. En cuestión de minutos los vecinos empezaron a traer comida y bebidas al vestíbulo. Luego, llegaron los niños que habían ido a pedir dulces. El señor Reilly bajó su teclado. Las Bellezas Naturales subieron corriendo por las escaleras y regresaron con sus zapatos de tap.

El señor Willard propuso un brindis:

—¡Por nuestros héroes: Olivia, Fudge y Mini!

—¿Te refieres a *Aivilo, Egduf* y *Yelraf*? —preguntó Fudge.

—Así es —dijo el señor Willard—. Es exactamente a lo que me refiero.

La señora Reese dijo:

—Brindemos por la habilidad que mostraron...

La señora Pérez dijo:

—Y por su sentido del humor...

"Tres vivas por Egduf, Yelraf y Aivilo!"

Mientras los vitoreábamos se abrió la puerta del vestíbulo y entraron los Tubman. Estaban disfrazados de los Tres Ositos.

—¿Qué pasa? —preguntó Sheila—. ¿Nos perdimos de algo?

—Más dulce —dijo Mini—. Mmm.

16 Nunca se sabe

Apenas se fue el Halloween, llegó el frío. Hasta entonces las Bellezas Naturales sólo habían pasado el invierno en zonas tropicales. Ahora, cada vez que las veía, estaban temblando. También Mini. Pero, como pronto iban a emprender su viaje a Florida, el primo Howie insistía que no tenía ningún caso que gastaran en ropa de invierno. Yo calculaba que si tenían *tanto* frío lo más probable es que se fueran antes de que se cumplieran las seis semanas. Pero las Bellezas Naturales estaban decididas a quedarse en Nueva York el mayor tiempo posible.

Mamá y la señora Tubman reunieron una caja llena de suéteres y chaquetas para los niños, además de ropa maternal de invierno para Eudora. Cada vez estaba más gorda. Ahora sí era claro que estaba embarazada. A Fudge le encantaba tocarle la panza:

—¿De verdad hay un bebé allí adentro?

—Sí —respondía Eudora.

—Igual que un panda.

—No exactamente igual que un panda. Los bebés panda, cuando nacen, son casi del tamaño de una barrita de mantequilla. Mi bebé va a pesar por lo menos tres kilos. ¿Te acuerdas de Tootsie cuando nació?

—No me gustaba.

—Pero ahora sí te gusta.

—No tanto como un panda.

—Pan-da —dijo Tootsie.

—Muy bien —dijo Eudora—. Ya estás empezando a hablar.

Y no era la única:

—Yo también puedo hablar —le anunció Mini a las Bellezas Naturales.

—Sabemos que sí —dijo Flora.

—Pero no tienes por qué hacerlo... —dijo Fauna.

—Porque nos tienes a nosotras —dijo Flora.

—¡No! —gritó Mini.

—¿Qué quieres decir? —le preguntó Fauna.

—Creo que lo que quiere decir... —empezó Flora.

—¡Basta! —dijo Mini.

—¿Basta? —preguntó Fauna.

—¡Yo puedo hablar solo!

—¿Así que ya no quiere que lo ayudemos a hablar? —preguntó Flora.

—¿Eso es lo que quieres decir, Mini? —preguntó Fauna.

—Sí.

—Supongo que está creciendo —dijo Flora.

—Supongo que nuestro hermanito ya no es un *bebé* —admitió Fauna con voz triste.

—No se pongan así —dijo Fudge—. Pronto van a tener otro bebé en la familia. A lo mejor es un bebé panda.

—¿Un bebé panda? —preguntaron riendo.

—Nunca se sabe —les dijo Fudge—. La señora Little tuvo un ratón. Le puso Stuart.

***

Por primera vez, a Fudge se le aflojó un diente. Uno de los de abajo, del frente. Cuenta con que el Ratón Pérez le va a traer una gran suma de dinero. Lleva dos semanas aflojándose el diente. Y lo siguió haciendo durante la cena para despedir a los Howie. Mamá también invitó a Olivia Osterman, para reunir a los tres héroes. Pero Mini mostraba más interés por el Tío Plumas que por la reunión. Se fue al cuarto de Fudge en cuanto comenzó la cena. Me alegró ver que el primo Howie lo siguiera.

Cuando las Bellezas Naturales descubrieron que Olivia Osterman había sido estrella de Broadway, quisieron saber todos los detalles de su vida artística.

—Nueva York es un sitio mágico. Es una ciudad donde los sueños pueden volverse realidad. Donde una chica puede convertirse en estrella de la noche a la mañana —les dijo.

Eso fue suficiente para ellas.

—Por favor, díganos... por favor, explíquenos... por favor, cuéntenos... —le suplicaron—. Por favor, ¿podemos quedarnos en Nueva York? Papá y tú pueden ir a Florida y nosotras podemos ir a visitarlos —le dijeron luego a su madre.

—Eso no está a discusión —les dijo Eudora—. Es su deber estar con su familia.

Las Bellezas Naturales miraron suplicantes a mamá.

"¡Oh, no!", pensé.

—Por favor, prima Anne —suplicó Fauna—. No seríamos ninguna...

—Molestia —dijo Flora.

—¡No, no! No me refería a eso —dijo Eudora.

Pero las Bellezas Naturales tenían sus propias ideas.

—Te ayudaríamos con...

—Tootsie —dijo Fauna.

—¿Y yo? —preguntó Fudge—. ¿No podrían hacerse cargo de mí también?

—Claro que sí —dijo Flora—. También de ti.

—Niñas: ¡ya es suficiente! —les dijo Eudora.

—¿Suficiente de qué? —preguntó Howie que volvía con Mini.

—Olvídalo —dijo Eudora.

Mamá le agradecío a las Bellezas Naturales su amable oferta de ayudarla con los niños.

—Qué amables son, ¿verdad, Warren?

Papá asintió, aún ensimismado en sus problemas ordinarios, hasta que mamá dijo:

—Por desgracia, niñas, en este momento nosotros no podemos adquirir responsabilidades adicionales.

—Desde luego que no —dijo Eudora.

—Además —dijo papá—. Aquí el invierno es largo y duro, y ustedes no están acostumbradas a eso.

—Pero nos encantaría ver la nieve —dijeron las Bellezas Naturales al unísono.

—¿De qué estamos hablando? —preguntó el primo Howie.

—De la universidad —dijo papá, pensando rápido—. A lo mejor cuando Flora y Fauna sean más grandes pueden venir a Nueva York a estudiar.

—Y vivir en un dormitorio —añadí.

—Sí —dijo mamá—. No querrían perderse el ambiente del dormitorio estudiantil.

Agaché la cabeza y, en silencio, agradecí que mis papás no fueran tan tontos como había sospechado.

—¿Dormitorio? —dijo el primo Howie—. No sé. Leí que ahora tienen dormitorios que son mixtos.

—Bueno, todavía no tenemos que preocuparnos por eso —dijo Eudora.

Un minuto después mamá nos avisó que la cena estaba lista, y tomamos nuestros lugares en la mesa.

—Unamos nuestras manos para dar gracias —dijo el primo Howie.

No iba a decirle que yo ya lo había hecho.

Nos turnamos y cada uno dio gracias por algo. El Primo Howie, por haber encontrado a su familia perdida.

La señora Osterman, por haber tenido una vida interesante.

Las Bellezas Naturales, por venir a Nueva York.

Mini dio gracias por haber conocido a Egduf, luego se inclinó hacia el frente y le dio una lamidita al brazo de Fudge. Fudge retrocedió y se bajó las mangas.

Luego llegó el turno de Fudge:

—Yo doy las gracias por el dinero —dijo.

Papá dejó escapar un suspiro:

—¿No puedes pensar en algo más por qué estar agradecido, Fudge?

—¿Juguetes?

—Estoy seguro que hay otras cosas por las cuales estás agradecido —le dijo papá.

—¡Ah, *ésas*! —dijo Fudge, y empezó a enlistarlas—. Doy gracias porque el Tío Plumas puede hablar de nuevo, y porque está mejor de su ala, y porque soy inteligente, y porque mamá y papá me quieren más a mí —dijo y me miró directamente a mí—: ¡Ja, ja, Pete!

—Ja, ja, já —respondí.

Pero todavía no terminaba:

—Yyyyy... doy gracias por el rocío anti-monstruos y por mi maestro William, y por mi abuelita y por Buzzy y por Richie Potter... y... y... y...

Siguió y siguió, pero dejé de escucharlo, porque de pronto pensé en todas las cosas por las cuales yo también debería estar agradecido. No es que fuera a gritarlas a los cuatro vientos, frente a los Howies o alguien más. No creo que todo lo que uno piensa tenga que decirse en voz alta. Ciertamente, hay cosas que son privadas. Supongo que Fudge todavía no lo descubría porque seguía y seguía, dando gracias por sus libros favoritos, su comida favorita y hasta sus aromas favoritos.

Por fin, papá dijo:

—Gracias, Fudge. Creo que ya podemos empezar a comer.

Mientras lo hacíamos, el primo Howie agitaba su tenedor y le explicaba a la señora Osterman que en unos cuantos días irían a los Everglades de Florida.

—¿Everblades? —dijo Fudge, atento. Le he dicho un millón de veces que es *Everglades* y no *Everblades*, pero no lo entiende. Se imagina que los Howie van a ir a un sitio donde nadie camina, no hay bicicletas ni coches.

Donde todo el mundo patina en esas cosas que en inglés llaman *blades*.

—¿Queda cerca de Disney World? —preguntó—. Porque tengo muchas ganas de ir a Disney World. Creo que lo voy a comprar.

El primo Howie puso sobre la mesa su tenedor con una mano y con la otra se limpió la boca.

—Barri, tienen que venir a visitarnos. Tienes que dejar que les enseñe la *verdadera* Florida, la creada por la naturaleza, no la del señor Disney. Haremos un paseo en canoa por los Everglades. Tus hijos verán cocodrilos y caimanes.

El primo Howie se volvió a ver a Fudge:

—¿Sabía usted, muchachito, que los Everglades son el único lugar en el mundo donde conviven cocodrilos y caimanes?

—Y todo tipo de aves —agregó Fauna.

—En Nueva York tenemos aves —dijo Fudge—. Hay palomas.

—No te ofendas, Fudge... pero no estamos hablando de palomas —dijo el primo Howie—. Hablamos de flamencos, garzas y cucharetas.

El primo Howie voltéo a ver a papá:

—Así que, ¿qué dices, Barri? ¿Cómo te suena una Navidad en los Everglades?

—Navidad no —dije rápidamente—. Siempre pasamos la Navidad en Nueva York.

—Entonces en febrero —sugirió el primo Howie.

—Febrero no —dije—. No puedo ir en febrero. El papá de Jimmy Fargo se casa el Día de San Valentín, y le prometí que no faltaría a la boda.

—Nunca digas *no puedo*, Peter —me dijo el primo Howie—. El que quiere, puede. Apuesto a que ya habías escuchado eso antes.

—¡Yo sí! —dijo Fudge—. Abuelita siempre lo dice.

—Qué bien —dijo el primo Howie—. Entonces quedamos en eso. Una reunión familiar en los Everglades en algún momento, durante el invierno. Una semana en que quieran alejarse del hielo y la nieve, los vientos huracanados y los cielos grises.

—Bueno —dijo mamá—. Es muy amable de tu parte invitarnos, y te estamos muy agradecidos.

—Quizá no sea *este* invierno —dijo papá—, pero pueden estar seguros de que será en *algún* invierno.

"Seguro", pensé, "nada más que no nos vayan a esperar sosteniendo la respiración, porque iremos como dentro de cincuenta años".

De postre hubo *brownies* con helado. Fudge mordió uno y su rostro adquirió una expresión extraña. Se metió la mano a la boca y sacó algo.

—¡Miren! —dijo, mostrándolo—. ¡Un diente con cubierta de chocolate!

—Colócalo debajo de tu almohada para que el Ratón Pérez venga por él en la noche —dijo la señora Osterman—. Pero lávalo primero.

Cuando terminó la cena y papá levantaba los platos del postre, Fudge miró a su alrededor y preguntó:

—¿Dónde está mi diente? Lo puse aquí en la mesa y ya no está. ¿Tú lo tomaste, papá?

—No.

—¿Y tú, Pete?

—No —respondí—. ¿Para qué iba yo a querer tu diente?

—Entonces, ¿dónde está?

Por poco y le digo: *en el mismo sitio que tu zapato extraviado y tu canica verde*, pero no lo hice. Todavía no encontramos su canica verde. Y seguimos creyendo que su zapato está a bordo de uno de los vagones del metro.

—A lo mejor tu diente se cayó al piso —dijo mamá.

Fudge se bajó de su asiento a buscarlo. Pero no tuvo suerte.

—Estaba junto a mi vaso de leche. Mini lo vio, ¿verdad, Mini?

Mini asintió.

—Mini —dijo Flora—, ¿sabes dónde está el diente de Fudge?

Mini asintió de nuevo.

—Dile dónde está —dijo Fauna.

—Se fue —dijo Mini.

—¿Adónde? —pregunté.

Mini se dio unas palmaditas en el estómago.

El primo Howie comenzó a reir:

—Estás bromeando. ¿Verdad, Farley?

—No —dijo Mini.

—Quiero mi diente —dijo Fudge—. ¡Lo quiero ya!

Mini se rió y volvió a darse unas palmaditas en el estómago.

—¿Qué estás diciendo, Mini? —preguntó Fudge.

—El diente de Egduf.

—¿Qué hay con el diente de Egduf? —dijo Flora.

Mini se bajó de su silla y empezó a correr alrededor de la mesa, cantando: "Mm... mm... mm... qué rico... qué rico... qué rico..."

Fudge gritó:

—¡Noo!

Eudora se paró de un salto:

—No te tragaste el diente de Fudge, ¿verdad, Farley?

Mini seguía corriendo alrededor de la mesa.

—Sabía a chocolate.

—Mami... papi... —gritó Fudge—. ¡Hagan algo!

Esto ya empezaba a sonarme familiar. *Demasiado familiar.*

El primo Howie se puso de pie de inmediato. Atrapó a Mini y lo voltéo de cabeza.

—Howie —le advirtió Eudora—, acaba de cenar.

Pero el primo Howie le dio unos golpes en la espalda de todos modos. No salió ningún diente y, para fortuna nuestra, tampoco salió ninguna otra cosa.

—¡Ahora ya no va a venir el ratón de los dientes! —gritó Fudge. Podría haber desecho a Mini para recuperar su diente, pero los Howie salieron con tal rapidez del departamento que parecía que huían de un incendio.

En cuanto se fueron, Fudge gritó:

—¡Odio a Mini! Primero el Tío Plumas y ahora mi diente. Mini es un desastre.

—Ahora ya sabes qué se siente —le dije.

—¿Qué quieres decir, Pete?

—¿Te acuerdas cuando te tragaste a Dribble, mi tortuga?

Fudge se quedó pensando un momento:

—¿Me odiaste, Pete?

—Sí.

—¿Yo era un desastre?

—Sí. Lo eras.

Podíamos escuchar al Tío Plumas gritar desde el cuarto:

—*Desastre... sastre...*

—Pero ya no lo soy, ¿verdad?

No quise responderle.

—Ahora te encanta que sea tu hermanito menor. Soy el mejor hermanito menor que podrías haber tenido, ¿cierto?

Seguí sin querer responderle.

—Si dices que *sí*, te enseño mi secreto.

Resoplé. Sabía que iba a enseñarme su secreto de todos modos, sin importar que dijera sí o no.

Luego, cuando nos fuimos a dormir, Fudge le dejó una nota al Ratón Pérez debajo de su almohada. Mamá y papá lo ayudaron a redactarla, explicándole la situación.

—Psst, Pete... —me llamó Fudge cuando pasaba frente a su cuarto.

—¿Qué?

Me hizo una seña para que fuera a sentarme a su cama.

—Mira lo que encontré —y sacó una cajita de debajo de su almohada.

—¿Qué es? —pregunté.

—Ábrela y verás mi secreto.

Abrí la caja. Estaba llena de dientecitos.

—¿De dónde sacaste esto?

—Lo encontré en el cuarto de mamá.

—Estos dientes deben ser *míos* —dije.

—Pero el Ratón Pérez no se va a dar cuenta, ¿verdad, Pete?

—Claro que sí. Y ya nunca volverá a confiar en ti —le dije.

Tomé la caja y la llevé a mi cuarto. Me acurruqué en mi cama, tratando de recordar cómo era, qué sentía cuando tenía la edad de Fudge, al tiempo que acariciaba los dientecitos. Luego, guardé la caja bajo mi almohada porque, quién sabe, nunca se sabe: cualquier cosa puede pasar.